張恨水——著

美人恩

她見利忘義，他所愛非人

天下事，各人找各人的配對，才子配佳人，蠢婦就配俗子。

那若有一日，
蠢婦成了佳人呢？

當寒士遇上底層少女，
除了悲歌還是悲歌……

目錄

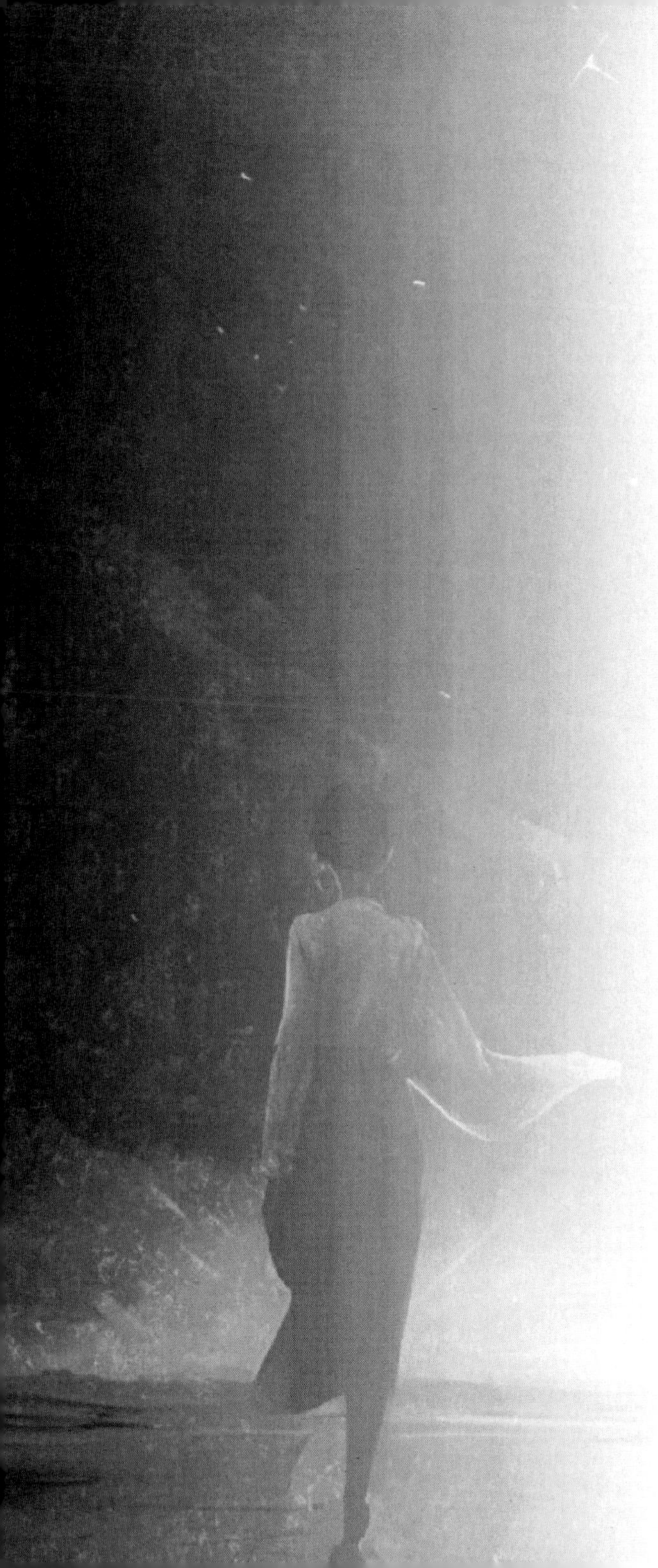

幻想拾遺金逐塵大道　傳神在阿堵後客空廊

民國二十一年，眨眨眼已經到了。在這二十一年中，發生了多少事情，其中有些竟是最可痛、最可恥、最無奈何的！可是到了今年，看看中國自身，卻還不見得有什麼良好辦法。稍微有點血氣的人，都覺得有一種說不出來的苦悶。這種苦悶，若要解除，便是不管生死，拿著刀槍，找著仇人拚個你死我活。其次一個辦法，就是抱著得樂且樂的宗旨，找些娛樂，自己麻醉自己，把這苦悶忘了。照說，自然是第一個辦法是對的，然而打破苦悶的人，卻是十有八九，都試行的是第二個辦法。上天似乎也很明白這一點，到了三月，便將爛漫的春光，送到了人間，讓大家陶醉到春光裡去，讓你們去忘了恥辱，忘了祖國，忘了民族。

我是寄居北平的人，這個印象，便是北平的春光所給予我的。這是四月中旬，滿街的路樹，正發著嫩綠色的細芽，告訴行人春來了。你若是順著東西長安街的馬路，一直向中央走，到了天安門外市民花圃裡，你便可以看到左邊平地堆起一片紅色，是榆葉梅，右邊一片黃色，是迎春花。其間雜以點綴的葉子，真個如錦繡鋪地一般。加上綠亮黃瓦的高樓之下，是雙聳玉闕，四繞紅牆，畫師也畫不出這偉大美麗的景緻來。西邊廣場上，便是中央公園的大門，紅男綠女，嘻嘻哈哈，流水似的進去。滿園的春色，自然關不住，有股清香，由天外飄來，便是園裡開著堆雪一般的丁香花，散出香氣來了。門外停的各種車子，一輛擠著一輛，占了十幾畝的地位，車伕沾著主人的光，也各在踏腳板上，看著路邊花圃的春色。綠樹蔭裡，賣茶的、賣油條燒餅的、賣豆汁的、各種小車大擔的小販，又要沾車伕的光，都團聚著一群人吃喝。只聽到人聲哄哄，鬧成一片，這哪裡像是天災人禍、內憂外患國度裡的情形？春天，真是把人麻醉了！但是，這也不過就北平城裡一角而言。另一個地方，卻有人對了這春天，加倍地叫著沒奈何的。這是宣武門內，一個偏僻衚衕裡。兩旁人家，大半是窄小的門樓；有兩處大些的門樓，大半都破舊了。衚衕裡遙遙有一種小鑼聲，是捏糖人兒的小販，由隔巷敲來的，這才打破了這寂寞的空氣。衚衕裡並不見有什麼人影，只是那白粉矮牆上，東邊伸出一束丁香花，在嫩綠的樹葉中，捧出一叢叢的瑞雪。西邊屋角，伸出一叢柳條，被輕微的東風搖撼著，好像是向對面的丁香花點頭，好像是說，我們又在冷巷中會面了。

在柳樹之下，卻是個會館，院落不算小，不過年久失修罷了。當前清的時候，全國文人都要到北京來會試，各地方人為了免除士人的旅費負擔起見，各建設一所至二三所會館，容留文人與留京的寒吏。改革以後，學生代替了老相公，找差事的人，代替了候補官，各會館裡依然住著各地方的人。近十年來，北平市面日窮，住會館的旅客，更是變了一種形象，現在提出一個人作代表。這人姓洪名士毅，曾在中學畢業，來北平升學未能，謀職業不得，就住在會館裡等機會。他住的屋子倒不窄小，只是器具很少，靠兩條窄板凳，支了三塊薄板，那便是床，床上一條軍用毯，好幾處是粗線綻著破縫，四周都露出下面墊的稻草廉子來。毯子上並無多物，只一床薄薄的藍布被，中間還有盤子大幾塊新的，原來是大補釘。靠窗一張四方桌子，上面鋪了報紙，倒有一副筆硯，堆著一二十本殘破的書。桌子邊兩個小方凳子而外，就並無其他木器了。牆角落裡，一個舊藤籃子，裡面放了些瓶罐碗碟之類。屋子裡這樣的空洞，越是嫌著屋子寬大。洪士毅坐在桌子邊，手上端了一本破去封面的《千家詩》哼著「無花無酒過清明」，但是當他哼到這句詩的時候，已經在這本詩上消磨了不少的時候，現在有些口渴了。桌上也有把舊茶壺，只是破了壺嘴子，不輕易泡茶。因為沒有錢買茶葉，不過是每日早上盛一壺白開水。這開水由早上放到中午，當然也就涼了。他將裂了兩條縫的茶杯，要倒上一杯，然而只提了壺柄，壺嘴子咕嘟幾聲並滴不出水來。望了窗子外的太陽，這時正當天中，將階沿下的屋影和陽光畫了一道黑白界線，更表現出這天氣是十分的晴明了。

這個日子，白天時間正長著，耳朵裡聽到隔壁人家的時鐘，噹噹敲了兩下，分明還是正午，若到七點多鐘天黑，還有五六小時，坐在屋子裡，如何過去？手上拿的這本《千家詩》至少念過三千遍，幾乎可以倒背得過來，不拿書在手上，也可以念，又何必拿著書本？於是他離開了屋子，走到院子裡來散步，卻聽到東邊廂房裡，有抹洗牙牌的聲音。這是那屋子裡黃毓亭幹的事，他曾做過縣承審員法院書記官一類的事情，現時在北平會館裡賦閒三年多了，除了寫信和一般認識幾面的人借錢與找事而外，便是在屋子裡起牙牌數。這個時候，大概是閒得無聊，又在向三十二張牙牌找出路了。

西邊廂房裡，一排三間房門。都是倒鎖著的，這是住的一班學生，也許已經上課去了。然而在這上面一間屋子裡，也是唏哩嘩啦，有打麻雀牌之聲，走過去看時，正是那三個學生，和本房的主人一處要錢。洪士毅在門外一伸頭，那主人起身笑道：「你接著打四圈嗎？」洪士毅道：「我早上還是劉先生給了三個冷饅頭，吃了一飽，哪有錢打牌？」他道：「哪個又有錢打牌？我們是打五十個銅子一底，還帶賒帳。長天日子，一點事沒有，無聊得很。」

士毅微微一笑，自走回房去。對房門住著的，便是送饅頭給士毅吃的劉先生，他也住閒有一年多，不過朋友還不少，常常可以得點小接濟，真無可奈何，也能找出一兩件衣服來當。他現時無路可走了，很想做醫生，在舊書攤子上，收了許多醫書回來看。這時，端了一本《傷寒論》，躺在一張破籐椅子上哼著，大概是表示他靜心讀書的原故，找了一支佛香，斜插在硯臺的眼孔裡，在這冷靜靜的屋子裡，倒又添了一些冷靜的意味。士毅走到人家房門口，覺得人家比較是有些事做的人，自己也不願去打攪，就退回自己屋子來。然而剛一坐下，看看屋子外的晶晶白日，就發愁起來。這樣好的晴天，不找一點事情做，就是悶坐在屋子裡，消磨光陰，昨天如此，今天又如此，明天也不能不如此，這如何得了？早飯和午飯，總算用那三個饅頭敷衍過去了，晚上這餐飯從何而出？卻是不可得知。悶坐在家裡，也不能闖出什麼道理來，不如到大街上去走走，也許可以找點出路。

如此想著，於是將房門反扣了，走出會館，任腳所之的走去。心裡並不曾有什麼目的地，只是向前走著，不知不覺，到了最熱鬧的前門大街。看那兩邊店鋪裡，各商家做著生意，路邊各小攤子上，貨物之外，也堆著許多鋼子和銅子票，心裡便想著，偌大的北平城，各人都有法子賺錢餬口，我就為什麼找不出點辦法來呢？再看路上坐汽車坐人力車的人，是各像很忙，不必說了。就是在便道上走的人，來的一直前來，去的一直前去，各人都必有所為而出門，絕不能像我在大街上走著，到哪裡去也可以，其實也不必到哪裡去。一路行來，低頭想著，忽然看到電線桿下，有一塊雪白的圓洋錢，心中大喜一陣，連忙彎腰撿了起來。然而當他拾到手裡時，已發覺了錯誤，原來是糖果瓶子上的錫紙封皮。所喜還沒人看到，就把這錫封皮由大襟下揣著，漏下地去。於是他連著發生了第二個感想，大街之上這麼些個人來往，難道就沒有人丟皮夾子和丟洋錢鈔票的？走路的人，都不大留心地面上，地上雖然有人丟了東西，是不容易發覺的。我且一路留心走著看看，設若有人丟了皮夾子，讓我撿到，不想多，只要有十塊八塊錢，我就可以拿去做小本經營，一切都有辦法了。如此想了，心中大喜，立刻就向地面注意起來。料著越是熱鬧街上，越有他人失落皮夾子的機會，所以只管在熱鬧的道路上走。但是經過了幾條街，並不曾有人丟皮夾子。心裡有點轉悔，天下哪有這巧的事？當我要撿皮夾子的時候，就有人丟皮夾子。這是可遇而不可求的事，我何必發那個傻？

今天大概走的路不少，兩條腿已有些痠痛，還是回去打晚飯的主意罷。於是無精打采的，一步一步走回家去。他的目光，正射著一家糕餅店的玻璃窗子上，裡面大玻璃盤子裡盛著一大方淡黃色的雞蛋糕，上面乳油與玫瑰糖葡萄乾之類，堆著很好看的花樣：假使晚餐……腿下不留神，卻讓堅硬的東西碰了一下。回頭看時，是一家銀號門口，停了一輛笨重的騾車，幾個壯年漢子，正搬著長圓的紙包，向車篷子裡塞。不用說，這是銀號裡搬運現洋錢。這一車子洋錢，大概不少，我何須多？只要拿一封，我做盤纏回家也好，做小生意的本錢也好……那搬運洋錢的壯漢，見這人蓬了一頭頭髮，穿著一件灰布長衫，染著許多黑點，扛了兩隻肩膀，呆頭呆腦向車上望著，便向他瞪著眼睛。士毅哪裡敢等他吆喝出來？掉轉身趕快就走了。

一口氣走回會館去，太陽已經下了山，院子裡漸形昏暗。一個挑煤油擔子的，歇在院子中間，向士毅苦笑道：「洪先生，你今天……」士毅道：「不用問，我今天中飯都沒有吃，哪裡有錢還帳？」說著，開啟房門，將窗戶臺上一盞小煤油燈捧了出來，向他道：「今天再打三個大子的，過一天有錢，還清你的帳。」他道：「你今天不給錢，我不賒煤油給你了。」士毅道：「你還要錢不要錢？」煤油販道：「洪先生，我們一個做小本生意的，受得了這樣拖累嗎？你這話，也說過多次了，我想你還錢，總是賒給你，不想越賒越多，越多你是越不還，讓我怎麼辦？我的爹！」院子裡還有幾個買煤油的，都笑了起來。有的道：「你賒給他三大枚罷。你不賒給他，他該你八九吊，都不還了，你豈不是為小失大？」那賣煤油的皺了眉，向著洪士毅，道：「得！我再拿三大枚，去趕我那筆帳。」士毅將捧燈的手向懷裡縮著，搖頭道：「你不用賒了，我黑了就睡覺，用不著點燈，免得又多欠你三大枚。」煤油販道：「這樣說，你是存心要賴我。」大家又笑起來。士毅倒不怕人家笑，心裡只覺得太對不住煤油販，捧了燈自回房去了。

天漸漸的黑，黑得看不見一切，士毅只躺在床上，耳朵裡聽到同會館的人，陸續在屋子裡吃飯，放出筷子碗相碰聲來。有人在院子裡喊道：「老洪！不在家嗎？怎麼沒點燈？」這是學生唐友梅的聲音。士毅嘆了一口氣道：「煤油賒不動了。」唐友梅道：「那麼，你吃了晚飯嗎？」他輕輕地答應了「沒有」兩個字。唐友梅道：「我不知道，早知道，就讓你在一塊兒吃了。我剩了還有一碗飯，只怕是不夠。」洪士毅在屋子裡躺著，沒作聲。唐友梅道：「夠是不夠，問問別人還有多沒有？」士毅聽他如此說，分明是誠心請的，跳出屋來問道：「還有飯疙疤沒有？用點水一煮，也就是兩大碗了。」唐友梅道：「有的，連飯帶疙疤用水一煮，準夠你吃一飽的了。」洪士毅便由他黑暗的房中，走到燈光下來，向唐友梅拱了拱手道：「真多謝你，要不是你這些剩的，今天晚上，無論怎樣，也來不及想法子，只好餓一餐了。」唐友梅受了人家這一陣感謝，倒反而有些不好意思，在桌子底下，把那支蓋了破蓋的小鐵鍋拿了出來。連飯和鍋，一齊捧著交給了他，他就把鍋拿到廚房裡來。揭開鍋蓋，看時，裡面煮的飯，只有些鍋底，而且焦糊了大半邊。有一個碗，裝了小半碗老菠菜，將菜倒在飯裡，加上一瓢涼水，放到煤竈上煮開了，將菜和飯用鐵勺一攪，在共用的飯櫥裡，找了一遍，找到半邊破鹽罐，倒還有些鹽渣，在鍋裡舀了一瓢飯湯，倒在罐子裡，涮了幾轉，依然倒進鍋去。約摸有半點鐘，鍋裡噴出來的水蒸氣，帶著香氣，甚是好聞，肚子萬忍不住了，盛了一碗水飯，對著爐竈就吃起來。這飯雖因為燒餓了，有些苦味，可是吃到嘴裡，並不讓他停留，就吞嚥下去。飯是熱的，廚房裡也是熱的，站著把那小鍋飯，一口氣吃完，渾身大汗直流。他放下碗來，嘆了一口長氣道：「這又算混過了一天。」於是回房睡覺去了。

不過次日清早醒來，又添了他許多不快，只聽到唐友梅對同住的人道：「老洪不得了，昨晚上不是我留點剩飯給他吃，就要餓一晚上，真是太苦。」另一個人道：「這樣的苦，何必還在北平住著？老早的回家去吃老米飯不好嗎？在北平住著，無非也是拖累同鄉。」士毅覺得吃人家一碗剩飯，還不免受人家這些閒話，從今以後，再也不找同鄉了。在床上躺著想了一陣，用手連連槌了幾下床，自己跳起來道：「好！從今天起，我去找出路去。」

起床之後，自己到廚房裡去舀了一盆冷水洗臉，背了兩手，在院子裡來回踱著。心想，到外面去找出路，找什麼路子呢？除非是滿街撿皮夾子。可是滿街撿皮夾子，昨天已經失敗了，哪有這樣巧的事？正在這裡出神，卻聽到南屋子裡，有人念道：昨日下午四時許，有劉尚義者，在前門外鮮魚口路行，拾得皮夾一個，中有鈔票五十元，毛票八角，三百元匯票一張，名片數張。劉正欲報告警察，有一老人抱頭大哭而來，問之，遺失皮夾。當詢夾中何物，老人對答與皮夾中之物相同。劉即與老人同赴警區，將物點交。老人留下匯票，贈劉鈔票五十元，劉拒絕不收。此真拾金不昧之君子也。

洪士毅聽得清清楚楚，便問道：「老黃，你念什麼？」屋子裡人道：「無聊得很，牆上貼有一張舊報，我念著混時間。這樣的好事情，我們怎樣就遇不著呢？」士毅且不答話，心裡可就想著，如此看來，路上拾皮夾子，並非絕對不可能的事，今天我再到街上去撞撞看。慢說五十元，就是撿到五塊錢，這個月的生活問題，我也就算解決了。如此看來，還是趁著這個機會的容易，他也不再行躊躇，一直就上鮮魚口來。似乎鮮魚口的大道上放了一個皮夾子，在那裡等著他一般。及至到了鮮魚口，只見車水馬龍挨肩疊背的行人，都搶著來，搶著去，何曾有什麼人落下皮夾子來？他在十字街口的人行便道上，先站了許久，隨後又沿著店鋪屋簷下走去。不知不覺的，將一條五里路的橫街走完，直走到崇文門大街，何曾看到路上有人丟下的皮夾子？心想，天橋是平民俱樂部，大概不少平民找職業的機會，於是繞著大彎子走到天橋來。但是天橋的平民雖多，吃的吃，玩的玩，做買賣的做買賣，絕對沒有什麼機會。自己經過各種攤子，都遠遠的走著。有家小飯鋪，門口一隻大鍋，煮了百十來個煎的荷包蛋，醬油鹵煮著，香氣四沸，鍋邊一個藤簸箕，堆了許多碗口大的白雪饅頭。一個胖掌櫃，用鐵鏟子鏟著荷包蛋，在鍋裡翻個兒，他口裡唱著道：「吃啦！身材高大雞蛋，五大枚，真賤！」說著時，他眼睛望了洪士毅，似問你不來吃嗎？士毅嚥了一口吐沫，掉轉身軀走了。而且這個時候，卻見兩名巡士，用繩子拴了個穿黑長衫的人迎面而來，口裡還罵道：「你在天橋轉來轉去三天了，你在這裡幹什麼？」士毅想著，分明是個同命人，更不敢在天橋久留，低了頭趕快走開。

他是上午出來的，既不曾吃喝，又走了許多路，實在睏乏。無精打采地走著，一陣鑼鼓聲，傳入他的耳鼓，正是到了一家戲館前。他忽然一個新思想，連帶著發生出來，在娛樂場中的人，銀錢總是鬆的，雖不會丟皮夾子，大概落幾個銅子兒到地下來，絕對是不能免的。那麼，我到裡面去裝著尋人，順便拾幾枚銅子回來，也可以買個冷饅頭吃了。如此想著，舉步就向戲館子裡走來。北平舊戲館的習氣，觀客不用先買票，儘管找好了座位，自己坐下，然後有一種人，叫著看座兒的，自來和你收錢。洪士毅倒也很知道這規矩，所以坦然地向裡走。可是當他到了裡面，早見烏壓壓的樓上和池座，坐滿了人。池座後面衝門口，堆了一群站著的人。這種人叫聽蹭戲的，就是當戲館子最後兩出戲上場的時候，看座人門禁鬆了，便站在這裡，不花錢聽好戲。若說他，他就要看座的給找座位。這時當然找不著，真找著了，他說位子不好，可以溜走。這種人已成了名詞，自是無法免除。洪士毅這時走來，也就成了聽蹭戲的。

不過他的目的，並不在戲臺上，只是注意地下，那裡有落下的銅子沒有？這裡是座位的最後面，當然是看不見的。他於是東張西望，裝成尋人的樣子，向東廊下走來。事情禁不住他絕對用心，在最後一排上，有個空座位，在扶手板上，正放著一疊銅子，並無人注意。心裡想著，最好冒充那個看客，就在那空椅子上坐下。假使坐下了，可以大大方方的，把那一小疊銅子，攫為己有。如此想著，回頭四周看了看，覺得觀客的眼光，都注射在戲臺上，並沒有望到自己身上來的。膽大了許多，便向那空位子上走來。那空位子，正是第一把椅子，並不需要請別人讓坐，自己一側身子，就可坐下去。然而正當他身子向前移了一移的時候，哄天哄地一聲響，原來是臺上的戲子賣力唱了兩句，臺下的觀容齊齊地叫了一聲好。士毅倒嚇了一跳，莫不是人家喝罵我？身子趕快向後退著。及至自己明白過來，加了一層膽怯，就不敢再去坐了。不過自己雖不上前去坐，但是那一小疊銅子，看過了之後，始終不能放過它，遙遙地站著，只把眼光注視在上面。不過自己心虛，恐怕老注視著那銅子，又為旁人察覺，因之低了頭，只管去看地下。

注視了許久，卻看到附近椅子腳下，有個紙包，那紙包裡破了個窟窿，露出一個麵包來。他肚裡正自餓著，看了那麵包之後，肚子裡更是不受用，只要一彎腰，那麵包就可以撿到手裡，於是將腳移了一移，待要把麵包撿起來。但是要想得麵包的心事，終於勝不過害臊的心事，身子已蹲下去，眼睛還不住向四周觀望。恰是有位看座的，口裡嚷了起來道：「道口上站不住人，諸位讓開點。」他的手，離著那麵包，還有二三尺路，但是要縮回來，人家也會知道的。於是生了個急智，只當要整理襪子，用手摸了幾下。好在看座兒的並不注意，然後才抬起身來，向後退了幾步，依然擠到聽蹭戲的一塊兒去。不過他那雙眼睛，還是遙遙地看到那空位子上去。心裡可就想著，只要散了戲，大家一窩蜂的走開，就可以搶步上前，把那疊銅子拿過來。只是他越盼散戲，這戲臺上的戲子，唱得特別起勁。待要到別地方去繞個彎子再來，又怕就在那時散戲，機會又丟了。

滿戲館子的人，都在高興看戲，只有他反過來，恨不得立刻戲就完了。兩隻腳極力地踏著地，地若是沙質的，真可以踏下兩個窟窿會。這個原因，固然是為了著急，也是為了要忍住肚子裡的餓蟲。同時身上的大汗，如雨般地下來，頭腦都有些發暈了。這種難受之處，心中當然是不可以言語形容。但是在看到那椅腳麵包之後，又發現了那裡還有幾個銅子，若是扶板上的銅子撿不著，地下幾個銅子，總是可以撿來的，那也可以買點東西吃了。忍著罷，再過一小時就好了。在他這樣十分著急的時候，也就向戲臺上看看。好容易熬到看客紛紛離座，都向外走，秩序紛亂起來。趁了這個機會，連忙就向人叢中擠了進去。但是他向裡擠，觀客們卻向外擁，待他到了不受擠的所在，回頭看時，滿池座人快要散光了。也有人很注意他，散了戲都向外走，怎麼他單獨向裡走呢？他也怕人注意此層，於是裝出找人的樣子，四周看看，也向外走，只是腳步走得非常之慢。到了那個放銅子的位置邊，真是天無絕人之路，銅子竟放在扶手板上，沒人拿走。這廊子裡的人都走空了，只有他一個人在這裡。這些錢，可以大大方方揣到袋裡來的了，於是走上前，便去拿那銅子。豈知天下真有那樣無巧不巧的事？當他伸手去拿的時候，不先不後，桌子底下卻伸出一隻手來，把銅子拿去。低頭看時，一個人拿了掃帚，彎腰掃地，順便將錢拿去。不用說，他是這戲館子裡人，無法可以和他計較的。這筆錢拿不到，記得那椅子下，還有幾個銅子，一包麵包，倒可以小補一下，便低頭走過去。然而那邊地上已掃得精光，分明是這個掃地的搶了先了；椅子外面，有條大毛狗，嘴裡銜了一大塊麵包，坐了抬著頭，向人只管搖尾子。他看見了，恨不得一腳把狗踢個半死。可是看客雖走了，樓上樓下，正還有戲館裡人在收拾椅凳，自己如踢了狗，又怕會惹下什麼禍，抬著肩膀，搖了幾搖頭。幾個收拾椅凳的人，見這位觀客，獨留沒走，都注意著他。他向地下望著，自言自語道地：「倒楣！把皮夾子丟了，哪裡去找呢？沒有沒有！」一面向地上張望著，一面向外走，這才把難關逃脫出來了。

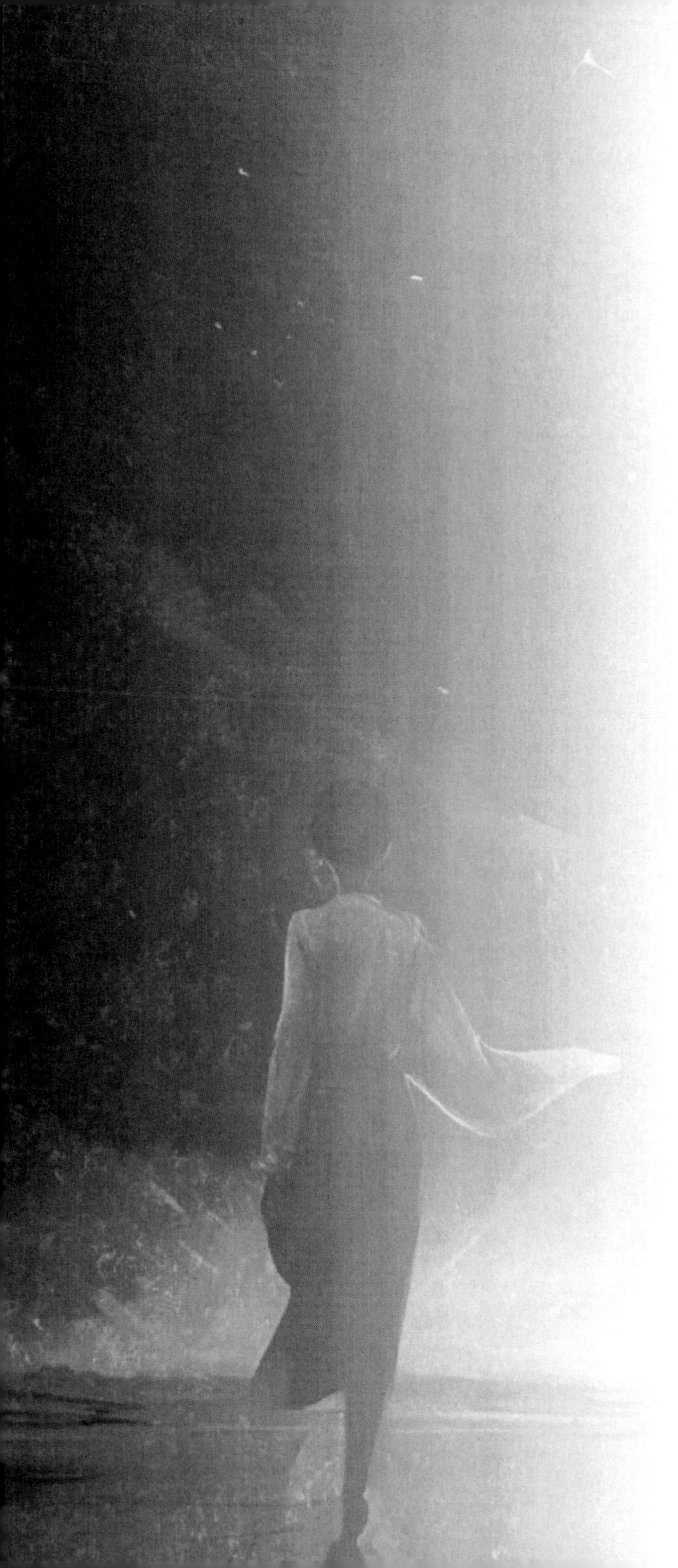

躑躅泥中謀生憐弱息
徘徊門外對景嘆青春

那個洪士毅滿街想拾皮夾子，未得結果，倒向旁人撒謊說是他丟了皮夾子。他那樣撒謊，逃出戲館子之後，心裡又愧又恨，自己這樣一個男子漢，什麼賺錢的本領沒有，只想撿現成的便宜，可是今天在戲館子裡坐包廂聽戲的人，未見他的本領就能高過於我？你看他們吃飽了無可消遣，就以聽戲來消磨光陰，我想在椅子下面撿兩塊不要的麵包吃，都會讓狗搶了去，這個不平的世界，真該一腳把它踢翻過來。

一人氣憤憤地走回會館，在床上躺著。可是生氣儘管生氣，肚皮裡一點東西不曾吃下去，餓得很是難受，天色已晚，想出去找人借個十吊八吊，恐怕也不可能。半晌，長長地嘆了一口氣。這時，屋子外有人問道：「士毅，你又在發牢騷嗎？」士毅聽那聲音，正是劉朗山先生，自己常得人的好處，今天沒法，本又想向他找些吃的，只是不好開口。現在他既是問起來了，倒是一個機會，便答道：「唉！我哪敢發牢騷？不過我嘆息我這人太無用，五尺之軀，竟是常常為吃飽發生了問題。」劉朗山道：「你不要發愁，到我屋子裡來坐坐，我們在一處吃晚飯。」士毅道：「我老吃劉先生的，真是不過意。」他口裡說著話，人可是走了出來。劉郎山道：「我也沒有什麼好東西給你吃，無非多添一雙筷子，沒關係，沒關係。」他說著話，已向屋子裡走去。

士毅跟到他屋子裡，桌上已點了一盞煤油燈，燈光下正摞著兩本木版刻的醫書。旁邊一張舊茶几上，放有兩個菜碗，一大碗白菜煮豆腐，又是一碗醬蘿蔔，碗邊下放了兩個大冷饅頭，立刻覺得口裡饞涎飽滿，咕嘟一聲，吞了下去。劉朗山道：「大概你是很餓了，你可以先把那兩個饅頭吃了，我還煮了飯，回頭我們再吃飯。」士毅在旁邊一張椅子上坐下，將桌上那本醫書拿到手上，隨便翻了兩翻，答道：「等一會兒，我們一同吃吧。」劉朗山將桌子上的筆硯紙件，歸攏著放到一邊，將兩碗菜放到桌上，便將兩個饅頭塞到他面前來，笑道：「你吃吧。你知道我的脾氣，我是不虛讓的。」說著，又拿了一雙筷子，遞到他面前。士毅胃裡，差不多要餓得冒出火來，現在饅頭、菜都在面前，怎能還忍住不吃？先且不扶筷子，只將饅頭拿到手上，轉著看了一遍。朗山道：「你實在不必客氣，先吃好了。一個人最怕是飽人不知餓人飢，你看我，可是一個能幫助朋友的人？也就無非是知道你的境遇太壞罷了。」士毅聽到人家如此說了，再要虛謙，便是無味，於是將饅頭送到嘴裡，咬了一口。可憐這口裡今天還不曾有固體東西送進去，於今吃起來，也來不及分辨這是什麼味，馬上就吞了下去。一個饅頭吞下之後，這胃裡似乎有種特別的感覺，可是也形容不出是舒服還是充實？似乎那向上燃燒的胃火，降低了好些。這個饅頭，既是吃了，那放在桌上的一個，當然也不必再擱置了。朗山道：「怎麼飯還沒有端來？我去看看。」他口裡說著，人就走了出去。這屋子裡，便只剩了洪士毅一個人，對了桌上兩碗菜。雖然沒有嘗到菜是什麼味，但是白菜煮豆腐那股清香，可不住地向鼻子裡送來，情不自禁地扶起筷子，就夾了一塊豆腐送到口裡去。在吃過冷硬且淡的饅頭之後，吃了這有油鹽的菜，非常之好吃；吃了一下，又伸筷子去夾第二下，只是怕主角會來，趕忙將嘴裡的菜吞嚥下去，就按住了筷子不動。

不多一會，朗山端了一瓦缽子飯來了，只看那蓋子縫裡，熱氣向外亂噴，那種白米飯的香味，直鑽到人家鼻子眼裡去。雖是已經吃了兩個饅頭，肚子裡有點東西了，可是聞到這種香氣，更引起胃欲。只見劉朗山將缽子蓋一掀，看到裡面鬆鬆的半缽飯，其白如雪，恨不得將瓦缽端了過來，一人獨吞下去，現在瓦缽子在劉朗山手裡，爭奪不得，便望了飯笑道：「這飯兩個人吃，怕是不夠吧？」朗山點著頭道：「我本來打算煮一餐飯作兩餐吃的，怎樣會不夠？」於是在床底下網籃裡取出兩個飯碗，盛了飯放在桌上。他因自己一雙筷子被士毅占了，由網籃裡找到桌子抽屜裡，更由桌子抽屜裡，找到書堆裡，為了一雙筷子，找了許久的工夫。士毅在人家主角未曾來吃的時候，又不便先吃，只好瞪了兩隻眼睛，望著這一大碗白米飯發呆，好容易把筷子找來，才開始吃飯，士毅便是不吃菜，這飯爬到口裡去，也就香甜可口，三下兩下，把一碗飯就吃了下去。及至吃著只剩碗底下一層飯粒的時候，看看劉朗山還有大半碗不曾吃下去，未免太占先了，只得將筷子挑了飯粒，兩粒三粒地向嘴裡送去。郎山將自己一碗飯吃完，才看到他碗裡也沒有了，便道：「你就夠了嗎？可以再盛點。」士毅本是要搶先盛飯的，等著人家說了這句，倒反是有些不好意思，便笑道：「我差不多了，給你留著吧。」朗山道：「我哪吃得了許多？你還來半碗吧。」士毅手裡拿著碗躊躇著，自己問自己道：「再來半碗，好嗎？就來半碗吧。」於是用鍋鏟子在飯缽子裡鏟出兩鏟飯來。但是在飯碗裡按了兩按，使得只像小半碗的樣子。偷眼看著劉朗山，人家倒是不曾留心。

將饑荒了一天的肚子充實起來，也不知是何緣故，就有了精神。幫著劉朗山收去碗筷，泡了一壺茶，就在燈下閒談。他嘆了一口氣道：「今天幸得劉先生救我一把，度過了這個難關，明天我早早地起來，可以飽了肚子去另想法子了。」朗山道：「當然，你今天晚飯沒著，明天一早，那裡就有早飯吃？不過到了明天早上再去尋早飯吃，那不覺得遲了嗎？」士毅道：「我這一個多月以來，總是吃一餐想一餐的法子，哪有預先想了法子管幾餐的能力？」朗山道：「這的確是個困難問題，一個人吃上餐愁著下餐，吃下餐又愁著上餐，哪裡能騰出工夫去找事業？若說明天這兩餐飯的話，我倒有法可以給你找一條路子，只是我不便開口。」士毅道：「這是笑話了。你給我想法子，又不是你要我給你想法子？為什麼不便開口呢？」朗山道：「這自然有個原因的，我說出來了，去不去在乎你，你可不要說是我侮辱你。我今天下午到慈善救濟會去，那裡有個老門房病了，打算請兩天假休息休息，一時找不著替工，和我商量，要我們這長班介紹一個人。假使你願去的話，不必告訴長班了，你就拿了我一張名片去。那會裡是供膳宿的，你要去了，除得了替工的報酬而外，還可以解決幾天的伙食問題。就是一層，這門房兩個字不大受聽。」士毅道：「事到於今，還管什麼名字好聽不好聽？就是當聽差，我也願意幹。」朗山道：「你只管去，會館裡我替你保守祕密。」士毅道：「也無須吧？窮到這種樣子，我還能愛惜名譽嗎？」朗山道：「你只不過受一時之屈，難道你一輩子都是這樣潦倒？這個時候不愛惜羽毛，將來也許會受累的。」士毅也沒有說什麼，只是長長地嘆了一口氣。當時談了一會，覺得明天有了吃飯的所在了，心放寬了，自去睡覺。朗山拿了一張名片交給他，上面只寫明是同鄉洪君，並不提他的名字。士毅將名片揣到身上的時候，臉上也就情不自禁地發燒了一陣。朗山看到，也暗暗的為他叫了幾聲屈。

到了次日清晨，士毅用涼水洗了把臉，拿了劉朗山給的那張名片，就到慈善救濟會來。這救濟會的老門房，今天是更覺感到不適，士毅遞了名片給他，他一看士毅，並不是個油腔滑調的人，倒也很樂意，就引了他到辦公室去，和幾位辦公先生見了一見，宣告找了個替工來。士毅對這種引見，當然是引為一種侮辱，在迫不得已之下，只好是不作聲。出來之後，老門房將應辦之事，交代了一遍，自回家休息去了。凡是慈善機關，要認真辦起事來，也許比郵政局收發信件還忙。可是要不認真呢，也許像瘋人院門口一樣，不大有人光顧。所以士毅在這裡守著門房，除每天收下幾封信，遞一兩回見訪的名片而外，簡直是坐在這裡等飯吃。替了兩天工以後，肚子飽了，當到夕陽西下，看看沒有什麼人的時候，也就走出門來閒望。

在這大門外，向東一拐彎的地方，有一片大空常空場的盡頭，乃是一個臨時的穢土堆。這穢土是打掃夫由住戶人家搬運出來的，那裡面什麼髒東西都有，大部分卻是煤渣。不必到前面去，就可以聞到一種臭味。這雖說是個臨時土堆，大概堆積的日子也不少，已經有一二丈高了，在那土堆上，有一群半大男女，各人挽著個破籃子，或跪或蹲，用手在土裡爬弄，不住地撿了小件東百，向籃子裡扔進去。士毅常聽到人說，北平有一種人，叫撿煤核兒的，就是到煤渣堆裡，將那燒不盡的煤球，敲去外層煤灰，將那燒不透的煤球核心，帶回家去燒火。這是一種極無辦法的窮人一線生路，大概這都是撿煤核的。這種工作，卻也沒有看過，自己和這種人也隔了壁，何不上前看看？於是背了兩手，慢慢走到穢土堆邊來。那土堆大半是赭色的煤灰，可是紅的白的紙片，綠的青的菜葉，腥的蝦子殼，臭的肉骨頭，以至於毛蓬蓬的死貓死耗子，都和煤灰卷在一處。那些撿煤核的人，並不覺得什麼髒，腳踏著煤渣土塊亂滾，常常滑著摔半個跟頭，各人的眼睛如閃電一般只隨著爬土的手，在髒東西裡亂轉。這裡面除了兩個老婦人，便是半大男女孩子，其間有個小姑娘，在土裡不知尋出了一塊什麼東西，正待向籃子裡放下，忽然有個男孩子走過來，奪過去，就向籃子裡一擲，那小姑娘叫起來道：「你為什麼搶我的？」便伸手到他籃子裡去搶。兩人都是半蹲著身子的，那男孩子站起身來，抓了姑娘的手，向外一摔，在她胸前一推，這姑娘正是站在斜坡上，站立不穩，人隨著鬆土，帶了籃子，滾球也似地滾將下來。在堆土上一群男女，鬨然一聲，大笑起來。這姑娘倒也不怕痛，一個翻身站了起來，指著那男孩子罵道：「小牛子，你有父母養，沒有父母管，你這個活不了的，天快收你了。」說著說著，她「哇」的一聲哭著，兩行眼淚一同落了下來。

士毅看這姑娘時，也不過十六七歲，一身藍布衣褲，都變成了半黑色，蓬著一條辮子，連那頸脖子上，完全讓煤灰沾成一片，前額也不知是梳留海髮，也不知短頭髮披了下來，將臉掩著大半邊。藍褂於的袖頭很短，伸出兩隻染遍了黑跡的手胳臂，手理著臉上的亂髮，又指著那男孩子罵一句。她原提的籃子，現在倒覆在地上，所有撿的東西，都潑翻了。那土堆上的人，除了那兩個老婦人而外，其餘的人，都向著她嘻嘻哈哈的笑。士毅看了，很有些不服，便瞪了眼向那土堆上的男女孩子們道：「你們怎麼這些個人欺侮她一個人？」那些土堆上的男女孩子，便停止了工作，向他望著。那個搶東西的小牛子，也瞪了眼答道：「你管得著嗎？」士毅道：「我為什麼管不著？天下事天下人管。」說了這話，用手捲了袖子，就擠上前去，看看腳踏到土堆邊下，那個小牛子，放下手提籃子，跳下土堆來，身子一側，半昂著頭，歪了脖子，瞪了眼道：「你是身材高大怎麼著？打算動手嗎？」說了這話，就用兩隻手一叉腰，一步一步地向前橫擠了過來。士毅正待伸手打他時，那個小姑娘卻搶了過來，橫攔著道：「這位先生，你別和他一般見識。」於是又用手推那個男孩子道：「你不屈心嗎？你搶了人家的東西，還要和勸架的人發狠。」土堆上兩個老年婦人，也站起身來道：「小牛子，你這孩子，也太難一點，成天和人打架，告訴你媽，回頭不摻你才怪呢。」

正說到這裡，卻有兩輛穢土車子拉了穢土來倒。凡是新拉到的穢土，剛從人家家裡出來，這裡面當然是比較有東西可找，因之在場的人，大家一擁而上。那個小牛子要去尋找新的東西，也就丟了士毅，搶到那土車邊去，不管好歹，大家便是一陣搶。有一個年老的婦人，搶不上前，手提籃子，站在一邊等候，只望著那群搶的人發呆。士毅和那老婦人相距不遠，便問道：「一車子穢土，倒像一車子洋錢一樣，大家搶得這樣的厲害。」老婦人道：「我們可不就當著洋錢來搶嗎？」士毅道：「你們一天能撿多少煤核？」老婦人道：「什麼東西我們不要，不一定撿煤核。」士毅道：「爛紙片布片兒你們也要，那有什麼用處？」老婦人道：「怎麼沒有用呢？紙片兒還能賣好幾個銅子一斤呢，布片兒那就更值錢了。撿到了肉骨頭，洗洗刷刷乾淨了，也可以賣錢。有時候，我們真許撿著大洋錢呢。撿到銅子兒，那可是常事呀！」士毅道：「原來你們還抱著這樣一個大希望，新來的車子，為什麼大家這樣的搶？」老婦道：「這個你有什麼不明白？大家都指望著這裡面有大洋錢撿呢。」說著話，那一大車子穢土，似乎都已尋找乾淨，那個小姑娘手挽了籃子，低頭走了過來。她走路的時候，不住地用腳去踢撥地面上的浮土。看她的籃子裡時，已是空空的，沒有一點東西，因問她道：「妳這籃裡一點東西沒有，還不趕快去尋找嗎？」她將手上的籃子向空中一拋，然後又用手接著，口裡笑道：「那活該了。拚了今天晚上不吃飯吧，我不撿了。你瞧我的，我明天一早就來。」士毅道：「妳家裡還有什麼人？什麼事不好幹，為什麼幹這樣髒的事情呢？」那小姑娘道：「你叫我幹什麼？我什麼也不會幹呀。我們家不買煤球，就靠我撿，我要不撿，就沒有煤籠火，吃不成飯了。」士毅道：「妳今天是個空籃子，回去怎麼交代呢？」那姑娘道：「挨一頓完了。」她說著話，慢慢地在煤灰的路上走著，現出極可憐的樣子。士毅一想，我說窮，挨餓而已。像這位小姑娘，挨餓之外，還是這樣的汙穢不堪，可見人生混兩餐飯吃，實在不是一件容易的事了。

天色黃昏，穢土堆上的人，慢慢散去，他一人站在廣場中，不免呆住了。也不知站了多久，忽然一低頭，看見自己一個人影子，倒在地上。抬頭一看，原來自己身邊，有一根電燈桿，上面一盞電燈，正自亮著。電燈上層，明星點點，在黑暗的空中，時候是不早了，於是信步回到救濟會的門房裡去。過了兩天，那個老門房，依然不曾回來，自己當然很願意把這替工幹下去。而且混了許多日子，辦事的幾位先生，也很是熟識，比之從前一點攀援沒有，也好得多，所以在吃飽了飯，喝足了茶之後，心裡很坦然的，坐在門房裡，將幾張小報無意地翻著看看。

這一天是個大風天，辦事的先生們，都不曾來，更閒著無事，感到無聊。走了出來，恰碰到那個小姑娘提了籃子，經門口走過去。她看到了，先笑問道：「先生，你住在這裡嗎？」士毅道：「我不住在這裡，我在這裡辦公。這樣大的風，妳還出來撿煤核嗎？」那姑娘道：「可不是？家裡沒有得燒的，我不出來怎麼辦？」士毅道：「妳家裡難道還等著撿煤核回去籠火嗎？那要是下雨呢？」姑娘道：「除非是大雨，要是下小雨，我還得出來呢。」士毅陪著她說話，不知不覺地就跟到了那空場上來。那姑娘今天算是梳了一梳辮子，可是額頭前面的覆髮，依然是很蓬亂，被風一吹，吹得滿臉紛披，那一雙漆黑的眼珠，被風吹得也是半閉著，擁出很長的睫毛來，雖然她臉上弄得滿臉黑灰，可是在這一點上，依然可以看出她是個聰明女郎。她見士毅只管望了她，倒有些不好意思，不由得低頭一笑。在這一笑之間，也發現了她的牙齒，倒也很整潔的。真不相信一個撿煤核的妞兒，有這樣一口好牙齒呢。士毅只管這樣打量，那姑娘卻不理會。

今天大風，煤渣堆上，並沒有第二個人，只是這姑娘一人在這裡撿煤核。她見士毅老站著，便道：「我們是沒法了，這樣大的風，你站在這裡看著有什麼意思呢？」說話時，果然有一陣旋風突起，將那土堆上的煤灰，颳得起了一陣黑霧，把人整個兒的捲到煙塵裡去。及至風息了，煙塵過去了，士毅低頭一看身上，簡直到處灰塵，身上幾乎像加了一件灰紗織的大褂子一般，覺得不便再在這裡，就拍著灰轉身走回慈善會去。可是他吹了這一身塵土，不但不懊喪，心裡竟得到了一種安慰起來。他心裡想著，在中學裡讀書的時候，看到書上報上的愛情作品，就為之陶醉，也總想照著書上，找一個女子，來安慰苦悶的人生。但是一個中學的學生，經濟學問，都不夠女子羨慕的，始終得不著一個女友。畢業而後，到了北平來，終年為了兩餐飯困鬥，窮到這個樣子，哪裡去找女朋友去？現在所遇到的撿煤核的姑娘，雖然是穿得破爛，終日在灰土裡，可是她並不怎麼下流，不免去和她交交朋友吧。我這樣一個穿得乾乾淨淨的，總比那些撿煤核的男孩、推土車的粗工人強得多，她當然是不會拒絕的。而且這種女子，她也不會知道什麼叫交朋友；哪個男子和她說話，她也不在乎。我假使和她混得熟了，勸她不要幹這個，在家裡光做一個女紅姑娘，也要比這樣乾淨得多了。

他一個人這樣坐在門房裡想，身靠了桌子，雙手捧了頭，只管望著壁上。那壁上正懸了一張麵粉公司的時裝美女畫，自己對了那紅是紅白是白的美人臉想著，天下事，各人找各人的配對，才子配佳人，蠢婦就配俗子；我雖不是什麼才子，總也是個斯文人，要找女人，也要找美女畫上這樣的人，怎能夠那樣無聊，去找一個撿煤核的女郎呢？和那種撿煤核的女郎去談愛情，豈不是笑話嗎？還不如對了這美女畫看看，倒可以心裡乾淨、眼裡乾淨呢。吃了三天飽飯，我就想到男女問題上去，人心真是無足的呀，算了吧，不要提到這上面去了。自己對著美女畫打了個哈哈，也就不再想了。窗子外的風，帶著飛沙，呼呼又瑟瑟地作響，在一陣幻想之後，增加了自己無限的苦悶。躺在用木板搭的一張鋪上，伸了一個懶腰，就隨手向枕頭下掏索著。不料這隨手一掏，卻掏出了一本新式裝訂的書，翻著兩頁書看時，卻是一部描寫男女愛情生活的小說。書裡描寫愛情的地方，卻是異常地熱烈，看個手不釋卷，整整地看了一晚上。

到了次日，天色已清朗，自己不住地向門外探望，看看那位女郎可來經過？但是看不著那女郎，可是看著青年的男女，一對一對的過去。原來這附近，正有幾個學校，歡天喜地的活潑青年們，整對的沉醉在青春愛情裡呢。抬頭看看，這大門外正有兩堵矮牆，圍著人家的一個花園，那垂著綠綠的楊柳，和成球的榆葉梅紅花，在人家牆頭上伸出來，表示那春色滿園關不住的情景。還有那金黃色的迎春花，有一個小黃枝，在一叢柳絲中斜伸著，點綴得春光如畫。自己在大門外徘徊了許久，看看天上的太陽，正暖烘烘的，向地面上散著日光，在陽光裡吹著微微的東風，將那掌大的蝴蝶，由牆頭上吹來，復又折轉回去。只看它那種依依不捨那個花枝的情形，這樣好的青春，只是在窮愁孤獨裡過去，這人生太無意味了。也不知是何原故，卻重重嘆了一口氣。在這時候，有個穿淡藍綢西式褂子的女生，露出兩隻雪藕似的手臂，手提了個網球拍子，笑嘻嘻地過去，只看她胸面前繫衣領的那根紅帶子，飄搖不定，覺得青春少女是多麼活潑可愛？但是那位帶洋氣味的小姐，已經發現他在偷看，惡狠狠地瞪了他一眼，而且偏過頭去，在地上吐了一下口沫。這不用說，那位姑娘是討厭他一個衣衫襤褸的人看她。自己不由得忿恨起來，心想，妳穿著淺藍的衣服，飄著鮮紅的領帶，不是要人家看的嗎？窮人就這樣的不值錢？她送給別人看，就不讓我窮人看。其實妳不過穿的衣服好一點。難道就是個天仙，滿身長了針灸，一看就扎我們的眼光不成？他於是回想過來，一個男子，如果要得著一個女子，還是向下面去看看的好。這樣說來，那個撿煤核的女郎，究竟是自己唯一的對象了。

如此想著，回頭看看慈善會裡，似乎沒有什麼事，依然就向那堆著煤渣的空場子裡走來。只走到一半，便遇到那個姑娘迎面而來，她不是往日那樣蹦蹦跳跳的樣子，手挽了個空籃，低頭走著，另一隻手，卻不住地去揉擦她的眼睛。士毅叫道：「這位姑娘，妳這是怎麼啦？」那姑娘抬起頭來，似乎吃了一驚的樣子，她原不曾看到身邊有什麼人，及至抬頭，見是士毅，才微笑著道：「又碰見你了。」士毅道：「妳又提了個空籃子回來，有誰欺負你來著嗎？」那姑娘道：「還是那個小牛子，盡欺侮人。」士毅道：「妳沒有撿煤核回去，妳媽不會罵你嗎？」姑娘道：「那也沒法子呀。」士毅道：「我幫妳一個忙，給妳幾個銅子兒，妳去買點煤球帶回去，妳幹不幹？」姑娘笑著，瞇了眼睛望他道：「我為什麼不幹？」士毅聽說，就在身上掏出一小截銅子，塞到手上。她一手捂了嘴，一手將空籃子伸著，讓士毅將銅子扔到裡面去。士毅不能一定把銅子塞到她手上，只好將銅子嘩啷一聲，向籃丟下去。在銅子落到籃子裡一聲響時，她就跟著一笑，然後向士毅道：「謝謝你呀。」士毅道：「假使妳讓人家欺侮著，這點小事，我總可以幫妳的忙。」那姑娘道：「你貴姓呀？」士毅道：「我姓洪，我老在這救濟會待著的。」姑娘道：「呵！你是這裡的門房呀？」士毅臉色沉了一沉，微笑搖頭道：「我不是在這裡做事，不過暫時在這裡借住罷了。妳貴姓呢？」姑娘笑道：「我們這種人，還叫貴姓啦？別讓人家笑話了。」士毅見她駁了這人貴字，不知她是不肯說姓什麼呢，還是不在意？只好悄悄地在後跟著，不知不覺過了空場，繞了兩個彎，走進一個冷落的小衚衕來。那小姑娘忽然掉轉身來，站住了腳，向他道：「嘿！你別跟了。」士毅又讓這姑娘攔住，算是碰了第二個釘子，也就只好廢然而返了。

一念狂痴追馳篷面女　三朝飽暖留戀竊鉤人

世人飲食之慾、男女之慾，本來不因為貧富有什麼區別，但是飲食男女這四個字，卻因各人的環境，有緩急之分。洪士毅現在的飲食問題，比較得是重要一點，所以他在碰了兩個釘子以後，也就不再想追逐那個撿煤核的女郎。過了兩天，那個老門房已經回來銷假，士毅也就要歇工回去，臨走的時候，老門房要他進去辭一辭各位先生。士毅本打算不去，轉念一想，認識認識這裡的先生們，究竟也是一條路子，假使這老門房有一天不幹了，自己便有候補實授的希望呀。

如此想著，便和老門房進到辦公的地方，和各位先生們招呼一聲，說是要走了。其間有個曹老先生，說是士毅一筆字寫得很好，問他念過多少年書？士毅嘆口氣道：「不瞞老先生說，我還是個中學畢業生啦。窮得無路可走，只得給你們這位老工友替上幾天工，暫飽幾天肚子，有一線生機，我也不能這樣自暴自棄呀！」曹先生手摸了鬍子，連點幾下頭道：「窮途落魄，念書人倒也是常事，我們這裡倒差了個錄事，兩個月還沒有補上，你願幹不願幹？若是願幹，一月可拿十塊錢的薪水，不過是吃你自己的，比當門房好不了多少，只是名義好聽一點罷了。」老門房不等士毅答應，便接著道：「謝謝曹老先生吧。他老人家是這裡的總幹事，差不多的事情，用不著問會長，他就作主辦了，你謝謝老先生吧！」士毅本來就沒什麼不願意，經不得老門房再三再四地催著道謝，只好向老先生連連拱了幾下手道：「多謝先生了。我幾時來上工呢？」曹老先生道：「我們這裡的事情，並無所謂，明天來上工可以，過了十天八天來也可以。」老門房又插嘴道：「就是明天吧，他反正沒有什麼事情，讓他來就得了，老先生你看看怎麼樣？」曹老先生微笑著點頭，只管摸鬍子。士毅覺得事情已經妥當了，很高興地就告辭而去。到了次日，一早的便來就職。往日由會館裡到慈善會來，都是悄悄地出門，心裡只怕同鄉猜著，依然沒有飯吃，是滿街找飯碗去了。

今天出門，卻走到院子裡高聲叫道：「劉先生，我上工去了，等我回來一塊兒吃午飯吧。」他那聲音正是表示不到滿街去找飯碗了。事情大小，那都不去管它，只是有個很合身分的職業，很足以安慰自己了。他自己替自己宣揚著，也說不出來有一種什麼快活，走到街上，只看那太陽光照在地上是雪白的，便覺得今天天氣，也特別可愛。大開著步伐，到了慈善會，見過了曹總幹事之後，便在公事房的下方一間小屋子裡去辦事。其實這裡是窄狹，而又陰暗的，可是士毅坐在這裡，便覺得海闊天空，到了一個極樂世界，抄寫了幾張檔案，也寫得很流利的，沒有一個錯字。雖然這不過十塊錢一個月的薪水，可是在他看來，這無異乎政客運動大選，自己當選了大總統，心滿意足，這地位已經沒有法子再向前進了。

這樣的工作了一個星期，應該休息一天，會館裡許多青年職員，一早就走了。幾個候差的人，也各個出去，全會館竟剩自己一個人。現在已不是從前，用不著滿街去找皮夾子，也不能帶了錢滿街去花費！自己便懶得出去。在屋子裡寫了兩張字，又躺在床上翻了幾頁舊書，又搬出一副殘廢的竹片牙牌來，在桌上抹洗了多次，總是感覺得無味。直捱到五點多鐘，會館有人回來了，找著他們談些閒話，才把時間混過去。往日整日清閒，也無所謂。現在不過有了十幾天的工作，偶然休息一天，便感覺得清閒的時候，也不知道要做什麼事情才好。這個星期日子，算是過去了，到了第二個星期日子，早早的打算，自己可以風雅一點，花五分洋錢，買張公園門票進去玩玩。自己一個人，很快地吃過了午飯，匆匆地就跑到公園裡來。到了公園以後，繞了半個圈子，就在露椅上坐下，自己說是風雅也好，自己說是孤寂也好，絕沒有人了解，覺得太無意味。看看遊園的人，男男女女，總是成雙作對，歡天喜地的。這種地方，一個孤零的人，越是顯得無聊了。但是低頭看看自己身上，穿一件灰色的竹布大褂子，洗得成了半白色，胸面前和後身的下擺，都破了兩個大窟窿，打兩個極大的補釘，摸摸耳鬢下的頭髮椿子，大概長得有七八分長，自己雖看不到自己的面孔，可是摸摸下巴頦，鬍椿子如倒翻毛刷一般，很是扎人。心想，這種樣子，還能和現代女人同伴遊園，那未免成了笑話。看看自己這種身分，當然還只有找那撿煤核女郎的資格，雖是碰過她兩個釘子，然而和她說話，她是答應的，給她錢，她也接受的，當然她還是可以接近的一個異性。這有什麼躊躇？慢慢去和她交朋友得了。

他心裡如此想著，那位姑娘，是不能離開撿煤核的生活的，到了穢土堆邊，自然可以遇著她，所以直接行來，並不考量，以為一到那裡，彼此就見面了。可是天下事，往往會和意見相左，那煤堆散亂著一群人，男女老少都有，就是不看見那姑娘，本待問人，又怕露出了馬腳，自己徘徊了一陣，不曾看人，那穢土堆上的人，倒都張望著自己，心裡一想，不要是看破了我的意思吧？於是一轉身待要走去，可是正要走去，土堆上的人，忽然鬨然大笑起來。自己並不是向來的路上次去，這樣向前走，一定是越走越遠。然而很怕他們就是笑著自己，再要掉轉身，恐怕人家更要疑心，只得也就順了方向走去，在衚衕裡繞了個極大的彎子，才走上次途。正好在拐角上，遇到了那打那個姑娘的男孩子，便向他點點頭道：「你不去撿煤核？」孩子道：「今天有子兒，不幹。」士毅前後看了看，並沒有人，才道：「原來你們不是天天幹的。那天和你打架的姑娘，她不來了，也是有子兒了嗎？」男孩子道：「誰知道呀？」說著，在黃黑的面孔當中，張口露出白牙來，向他笑道：「你打聽她幹什麼？你喜歡她呀。可是那丫頭挺不是個東西，誰也鬥她不過。」士毅瞪了眼道：「你胡說！」男孩子聽說，撒腿就跑，跑了一截路，見士毅並不追趕，向他招著手道：「她到鐵路上撿煤塊子去了，他媽的，總有一天會讓火車軋死。」士毅道：「她撿我一樣東西去了，我得向她追回來。」那男孩聽說是向那姑娘追回東西來，他倒喜歡了，便道：「她就在順治門外西城根一帶，你去找她吧，準找得著。」士毅道：「她叫什麼名字？我怎麼叫她呀？」男孩子道：「我們叫她大青椒，你別那麼叫她，叫她小南子得了。她姓常，她爹是個殘疾，她媽厲害著啦，你別鬧到她家裡去。要不，怎麼會叫她大青椒呢？」士毅也懶得老聽他的話，道聲勞駕，直接就出順治門來。

靠著城根，正是平漢鐵路的初段，一邊是城牆，一邊是濠河，夾著城濠，都是十幾丈的高大垂楊。這個日子，柳條掛了長綠的穗子，在東風裡擺來擺去，柳樹的淺蔭，正掩映著雙軌之間的一條鐵路，士毅踏了路上的枕木，一步一步地走著向前，遠遠的見柳蔭上河邊下，有七八個人席地而坐，走近來看，其間有老婦，也有女孩，也有男孩，卻是沒有壯年人。也是一個人挽了個破籃子，一身的汙濁衣服，當然，這都是撿煤核的同志，但是其間並沒有小南在內，自己既不便去問人，只好再沿著鐵路走。約有半里之遙，卻看到了，她站在路基上，很隨便地撿了鵝卵石子，只管向護城河裡抛去。河裡有十幾隻白鴨子，被石頭打著，有時由東游泳到西，有時又由西游泳到東。

士毅走到離她十幾步路的地方，背了兩手在後面，只管望了她微笑。她偶然掉轉身來，看到了他，笑道：「咦！你怎麼也到這裡來了！」她手上拿了一個大鵝卵石，要扔不扔的，手半抬著，又放了下來。士毅道：「妳怎麼又是一個人一事？難道說那些人也欺侮妳嗎！」小南向士毅周身上下看了一遍，問道：「你怎麼知道？」士毅道：「我看到許多撿煤核的人，都坐在那裡談話，只有妳一個人走得這樣遠遠的，所以我猜妳和他們又是不大相投。」小南將手上那個石頭放在地上，用腳撥了幾撥，低了頭笑道：「可不是嗎？我和他們真說不到一處，一點兒事，不是罵起來，就是打起來，我幹不過他們，我就躲開他們了。」士毅伸了頭向她的破籃子裡看了看，竟又是個空籃子，因笑問道：「怎麼回事？妳這裡面，又沒有煤塊，今天回去怎麼交數？」小南道：「我今天交了一籃子煤回去了，現在沒事。」士毅道：「現在時候還早，妳怎麼拾得這樣快？」小南依然用腳踢著石塊，一使勁把腳下這塊石頭踢到河裡去，又跳了一跳，笑道：「我在煤廠子裡偷的。」士毅慢慢走到她身邊，正色道：「這種事情，做不得呀。」小南撿著籃子挽在手臂上，笑道：「大家都偷，要什麼緊？」說著，跳了幾跳，就要向進城的路上走。士毅道：「妳到哪裡去？小南。」她已經走了好幾步了，聽了這語，突然將身子一轉，望了他道：「你怎麼知道我的名字？」士毅看看她的樣子，雖然是很驚訝，卻並不見得她有見怪的意味，便慢吞吞地答道：「是妳的同伴告訴我的，我不能說嗎？」小南道：「你叫得了，沒關係。可是他們要告訴你我別的什麼名字，你別信他們的。」士毅陪著她走了幾步，問道：「妳回家去嗎？」小南道：「空手回去，我媽又要揍我了，我到煤廠子門口等著去，再偷一塊就行了。」說著話時，到了一家大煤廠的門口，這裡有一行軌道，直通到廠子裡去，有一輛車皮，半截停在牆裡，半截停在牆外，車皮上堆著如山的大煤塊。

小南走到了這裡，突然一跑，跑著到了煤廠的牆根下，然後貼了牆，慢慢地跨著大步向前走，望著士毅就連連搖了幾下手。士毅這才明白，她一個人溜開了同伴，原來是想偷煤。正待轉身要走，只見牆的缺口裡，一個周身漆黑，分不出五官來的煤廠工人，手裡拿了條根子，直跳出來，口裡喊道：「妳這臭娘養的，我揍妳姥姥。」說著，舉起了棍子，向小南當頭劈來。小南身子一閃，撒腿就跑。那工人道：「我早就在這裡候著妳了，妳是偷得了勁，偷了又想偷，我打斷妳媽的狗腿。」罵著時，已追得相近，小南跑得慌張，不曾防備腳下，腳被鐵軌絆著，一個跟頭向前一栽，摔在鐵軌上。士毅怕那工人再用棍子打下來，便招了手喝道：「人摔倒了，別動手，打死人得償命啦。」那個工人就拿了棍子，站在一邊，望了小南發呆。小南趴在地上，許久作聲不得。士毅走上前，蹲在地上問道；「嘿！妳怎麼樣了？」小南的眼淚水，拋沙似地向下流著，嗚嗚咽咽哭了。那工人拖了棍子，笑著只管聳肩膀，一面走，一面說道：「這叫活該了。」他怕出了什麼亂子，悄悄地走了。小南坐在枕木上，用手背揉著眼睛，哭道：「你這死不了的東西，總有一天，讓火車軋死。」她另一隻手，可是指住了煤廠子，咬了牙齒發急。士毅忽聽到有些哄通作響，喊道：「火車來了，快閃閃吧。」

小南聽說，兩手撐了枕木，正待爬起來，不料兩膝蓋一陣奇痛，兩手支持不住，人又向下一趴。士毅聽到那狂風暴雨又打雷的聲音，洶湧前來，看看樹頭上，已經冒出了黑煙，時間是萬不容猶豫的了，拖了小南一隻手臂在懷裡，將她倒裝一夾，夾到路基邊。只在這一剎那間，火車頭已到了身邊，也來不及走了，抱了頭就地一滾，滾到路基下面去。這一下子，不但是把小南嚇得魂飛天外，就是士毅自己，也心裡砰砰亂跳，那身上的汗，一陣陣直湧出來。直等火車飛奔過去了，士毅才站起來向小南道：「妳看看，妳大意一點不要緊，差一點，我這條命也送在妳手裡。」

小南坐在地上，雖然是眼淚沒有乾，可是她倒向著士毅笑了。士毅道：「你看看你的膝蓋碰傷了沒有？衣裳上溼了那一大塊，是不是血跡？」小南低頭看看，褲子的膝蓋上，殷紅了兩個大圈圈，用手去拉褲子時，褲子沾著了肉，竟有些拉不開，搖搖頭道：

「我走不動了。」士毅道：「這個地方不容易找車子，妳坐在一邊等等，我去給妳僱輛車吧。」小南坐在地上，向他搖搖手道：「你別僱車了，你把僱車的錢借給我就得了。」士毅道：「妳走得動嗎？」小南道：「你瞧瞧，我那個籃子，讓火車軋了，撿不著煤還不要緊，連籃子都丟了，我媽會放過我嗎？你借錢我去買個籃子，讓我對付著走回去吧。先生，你做好事，你就做到底。」士毅覺得她說得怪可憐的，便道：「買籃子也要不了幾個錢，妳只管坐車，籃子我還給妳買。」小南緩緩地站了起來，牽了自己的破衣襟道：「你不瞧瞧這個，我要坐在車上，不讓人家笑掉牙嗎？」說著話時，一步一顛走了幾步，然後才伸直腰來。士毅道：「妳若是怕回家挨罵的話，我送妳回家去，妳看行不行？」小南站著，向他瞅了一眼，笑道：「行倒是行，你可別說以前就認識我，只說今天才碰著我的。」士毅本想問一句，那為什麼？笑了一笑，又沒有向下問了。只是向她點了幾點頭，表示這件事可以辦到。於是跟著在她後面，也慢慢地走著，自己那隻手可插在衣袋裡，捏了一把銅子票在手上，想拿出來，望了望小南的臉，想了一想，仍然又把銅子票放下了。看看快要到城門口，由人少的地方，到了人多的地方了。士毅站定了腳，向她笑道：「一個籃子要多少錢才買得到？」小南道：「我真要你的錢嗎。那倒怪不好意思的，你送我到家，給我媽說一聲也就完了。」她口裡如此說著，眼光可就射到他插進衣袋的那隻手上。士毅也不能計算袋裡是多少錢了，一把掏了出來，就遞給她道：「妳拿去買籃子去。」小南低了頭，手上雖接了他的錢，眼光可不敢直接和人家的眼光相碰，口裡道：「我又要花你的錢。」她趕快就掉轉身去了。

士毅見她有些害臊的神氣，就覺得不便和她說話，可是不開口說話這個情形，又怪有趣的，跟著在她後面走了一截街，又轉了兩個衚衕，始終是默然的，幾次想和她說話，只是被無端的咳嗽聲打斷了。她幾次也好像有話說，停住了腳，只一頓，她依然走了。後來走到一個更冷靜些的衚衕，她終於停止了，回轉頭來向他道：「你不要送了吧，我有錢回去就好哄我媽。我仔細想了想，你還是不和我家人見面的好。」士毅對她這話，當然有些奇怪：說得好好的，讓我送她回家，為什麼又變卦了？這倒是不能勉強，她說了仔細想想不能讓我去，那或者另有原故，便站住了腳道：「我就不送了，妳明天還到鐵道上去嗎？」小南道：「我哪有那麼愛去？你借給我這些錢，我們家可以過兩天的了。改日見吧。」她說畢，掉頭就帶跑步的走了。這時，卻有一個推車賣烤白薯的走了過來，士毅見那賣白薯的，只管向自己望著，也就只好走了開去。

回到會館來，看看日影東偏，算是混過了大半天。可是衣袋裡一把銅子票，很慷慨的全數送給人了，這餐晚飯，未免沒有著落，只得撒了個謊，說是錢丟了，向長班借了一毛錢，買了幾個窩頭吃。長班已經知道他有了工作，不但借錢給他，自己家裡吃的一碟酸醃菜，也分一大半給他。士毅在一盞淡黃色的煤油燈下，左手拿了冷窩頭，右手拿了筷子夾酸醃菜吃，心裡可就想著白天那件事，覺得小南這姑娘也不完全不懂事，她不讓我到她家裡去，這便有些意思。想著想著，不覺吃了三個窩頭，肚子便飽了。這一晚上，就做了一晚的零碎夢，有時把日裡的事，重演一幕，有時把心裡的希望，實現了出來。

到了次日早上，應該是九點鐘上工的，七點多鐘出門了，大寬轉地繞著道，走到昨天分手的那個衚衕前後，繞了幾處，凡是極貧窮的人家門口，都不免重加注意。但是並不曾遇到小南，跑到兩腿發酸，看看太陽高照，只得到會裡去工作。不過心裡這樣想著，她把手上的錢花完了，一定會到鐵道上去的，過了兩三天，就可以再去找她了。她雖是有些害臊，然而她肯接我的錢，又肯明說出來偷煤塊，我多給她一些錢花，她一定可以聽我的指揮。如此想著，心裡似乎有了許多安慰，也就加增了許多幻想。下午回家的時候，在老門房那裡借了幾毛錢，預備今明天的伙食。

在街上走著，心裡想到，假使我討了一房家眷，住在會館裡，洗衣煮飯，一切事都有人做，雖然多一口人吃飯，有十塊錢一個月，也許夠了。他如此默唸著走著，忽然有人道：「嘿！你剛出來呀。」回頭看時，只見小南空了兩手在身後緊緊地跟著。她一見人，眼珠轉了兩轉，低了頭微笑過來。士毅看了她，也不知是何原故，立刻心上連跳了幾下，問道：「妳還沒有買好籃子嗎？」小南道：「我不是來撿煤核，我昨天回去，對我媽實說了，我媽說你是個好人，讓我來謝謝你。」士毅道：「妳媽知道我在這裡做事情嗎？」小南搖搖頭道：「不知道。不過她說應該謝謝你，所以我自個兒就來謝謝你了。」士毅道：「這也值不得謝。妳媽都不見怪妳，為什麼昨天妳不讓送妳到家呢？」小南道：「這也用得著問嗎？一個大姑娘，帶個大爺們回去，那多麼寒碜？」士毅道：「原來如此，我怕妳不願意和我交朋友呢？」小南笑道：「什麼交朋友？你幹麼和我交朋友哇？」士毅道：「妳窮，我也不闊，為什麼不能交朋友？」小南道：「不是那麼說？沒有男女交朋友的。」士毅道：「怎麼沒有？現在大街上走著。那一對一對的，不都是朋友嗎？」小南道：「那怎能比得？」她說了這句，看著士毅的臉道：「你住在哪兒？我還不知道哇。」士毅笑道：「妳不問我，我告訴妳有什麼意思呢？我天天到這裡來寫字，住在湖南會館，妳若有什麼事要找我，儘管來找我，不要緊的。妳今天要錢花嗎？」小南站著不走，用一隻腳在地上塗抹著，不答。士毅便將借了的錢，分一半出來，塞在她手上。她伸手來接的時候，士毅卻和她的熱手心碰了一下。未免站著，向她臉上呆看著，不知所云。小南抬起頭來，笑道：「你老看我做什麼？」士毅道：「不是呀！年輕輕兒的人，都愛個好兒，為什麼妳就鬧得這個樣子，蓬頭散髮，滿臉漆黑呢？」小南道：「撿煤核的姑娘，好得了嗎？」士毅道：「妳不撿煤核，幹別的行不行？」小南道：「我什麼也不會，幹什麼呢？」士毅看了她許久，卻點著頭嘆了一口氣道：「很好一個人，一點不想好。」小南倒也不見怪他這話，微微一笑地去了。

不過，士毅口裡雖這樣勸她，心裡可又有一種別的見解，一個撿煤核的女郎，有什麼向上的能力？只要給她幾個小錢花，什麼事情也可以辦到。自己無非因沒有接近過異性，所以想和她接近。為了要接近她，當然希望她沒有什麼高尚的思想，只要她貪我幾個小錢得了。再說，她不過偷人兩塊煤，算不了有傷人格。這年頭偷賣祖國的，多著呢，誰不比我闊呀？有道是竊鉤者誅，竊國者侯，我為什麼想不開？他如此想著，不但不惋惜她，而且只管高興起來。這個姑娘，果然也就如他所料，到了次日他下工的時候，她又在路上等著。士毅是不必躊躇的了，就給了她一毛錢。這一毛錢，是預備自己做晚飯吃的，只好犧牲了。到了第三天，士毅卻掉了個槍花，向她道：「這幾天我還沒有發薪水，禮拜的那一天，我有錢，我帶妳玩去。我還要買布給妳做衣服呢。這兩天我每天給妳十個銅子買東西吃，每天妳在這裡候著我就是了。這幾天妳不來，禮拜那天，我就不帶妳去。」小南聽說禮拜多給她錢，就答應了。到了禮拜六這天，士毅和那曹老先生求情，說是要先支一月的工錢，製點衣襪，居然得著了。

他幾年來，沒有在身上揣過十塊錢，現在突然囊橐豐滿起來，簡直不知如何是好？一到了下工的鐘頭，便立刻走出大門來，心裡預算著，見了小南之後，立刻就上街去買東西、洗澡、理髮，買一件大褂，晚飯到小飯館子裡去。不！買一斤肉回去，自己紅燒著來吃。回回由水果店門口，看了那紅紅綠綠的鮮果，又放出一種清香。那點心店裡的裝潢，多麼美麗？醬肘店裡的燻滷雞鴨，多麼肥膩？往日由門口經過，不免吞下幾口饞涎，今天都該嘗嘗了。想著得意，低了頭只管向前跑，忽然自己的衣服被人拉住，回頭看時，小南站在身後笑道：「你跑什麼？人站在這裡，你也不看見啦？」士毅道：「我已經發了薪了，明天可足玩一氣，一早妳就在鐵道上等著我，好不好？要不，今天我們找個地方去玩也好。」小南指著人家牆上的淡黃日光，道：「什麼時候了？回去晚了，我媽會罵我的。」士毅數了十個銅子，交到她手上，笑道：「好！妳回去吧，妳明天準能去嗎？」小南低了頭，卻答覆不出來。士毅道：「白天出來玩玩耍什麼緊？你撿煤核兒時候，不也是成天在外面嗎」小南道：「我怕碰到人。」說的這話，聲音非常之低微，幾乎聽不到。士毅道：「老早的去，一定沒有人的。」士毅口裡說著話，眼光不住地向路上兩頭看著，以免有人來往聽到。小南似乎看到了他這種情形，便走得開開的，才回頭看著道：「得啦，我們明天見吧。」士毅聽了她的話，既不便追求她，讓她就這樣走了，似乎又有什麼事，未曾交代一般，又在她身後，緊跟了大半截衚衕，看看她要出口了，才喊道：「妳別忘了呀。」小南迴轉身來，將頭點了兩點，然後出口去了。

這時，士毅身上揣了十塊錢在身上，就滿街跑起來，要想買衣服，怕花錢多了。要買點心水果吃，又想還是吃飯要緊，要想到小館子裡，又想不如買了東西回家去做。跑了兩條街，一樣東西也不曾買得成功，倒跑得周身是汗。不過身上雖很受累，心裡卻異常的愉快，看到街上的事事物物，彷彿都特別有生機，那大放盤的衣店裡，門樓上放了無線電播音機，圍著許多人聽，向來不曾留意的，現在也站在人叢裡聽了片刻。看見店家電燈都亮起來了，這才回會館來，以便趕著做了晚飯吃，好去洗澡剃頭，明天在見異性者之前，可以煥然一新了。可是當他到了家中，摸錢去買東西的時候，那十張一元的鈔票，並不在衣袋裡，竟不知何時，全部失落了。這不但一個月的食用無著，預備著明天所花的錢，也落個空。這一個極大的失望，將他周身的精力，全變成冷汗，由毛孔裡排泄出來。

攜手作清談漸興妄念　濯汗驚絕豔忽動枯彈

這時，士毅在周身上下摸索了一遍，都沒有錢，他就在破椅子上，用手托了頭，前前後後，想著這錢是在哪裡丟的？想了許久，記起來了。記得聽廣播無線電的時候，自己怕錢票失落，曾在衣袋裡將鈔票取出，向襪子筒裡塞了進去。這一段動作，記得清清楚楚，決計不會錯的，趕快彎腰一摸襪子筒，不由得哈哈笑起來，這裡可不是那十元鈔票，做了一小疊子，緊貼了肉嗎？手裡拿了鈔票，想起剛才那一陣慌亂，真未免可笑。當時匆匆地買了一些現成的麵食吃了，就趕到前門夜市，花了一塊多錢，買了一件半新舊的灰布大褂，又跑到小理髮館去，理了一回髮，然後很高興地回去了。這一晚睡得更是神魂顛倒，做了幾十個片段小夢，所夢見的，都是和那小南姑娘在一處。

到了次日起來，天色明亮未久，太陽還不曾照到院子裡，士毅立刻就忙著用冷水洗過臉，漱過口，就向順治門外的牆根鐵道走來。可是當他走到鐵道上的時候，那東邊起來的太陽，還只高高照到柳樹梢上，帶了雞子黃色，不用說，天氣還早著啦。士毅走到小南上次偷煤的地方一看，她並不在那裡，料著她還不曾來，向鐵路兩邊看了看，依然還是向走去的路上走回。走了一截路，並不見她來，心想，莫非她早夾了，已經走上前方去了吧？如此想著，他轉身依然向前走。這回走得很遠，直等快走到西便門了，還是沒有看到她，這可決定她沒有來，二次又走回去。這樣來來去去的，約摸走了一小時有餘，並不見小南，兩隻腳有些累了，待要坐下來吧，鐵路上有人經過，看到這情形，必要疑惑，為什麼這樣一個穿長衣服的人，一大早就在這裡坐著呢？待要依然走，真有點累。一個人只管這樣徘徊著，忽然靠樹看看水，忽然在鐵路上又走著數那枕木，忽然又在人行路上，來去踱著小步，始終是不見人來。自己沒有錶，這地方一邊是城濠，一邊是城牆，也找不著一個地方去看鐘，再看看樹上的太陽，已不是金黃色，只覺熱氣射人。那麼，可知是時候不早了，這樣一個蓬首垢面的毛丫頭，倒也如此擺架子，待不去理會她，又怕她果來了。心裡煩躁起來，便想到女人總是不能犯她的，你若犯她，就不免受她的脅制。高興而來，變成了苦悶，由苦悶又變成了怨恨了。

然而所幸那小南為了他許著許多好處，畢竟是來了，在鐵路的遠遠處，手臂上挽了個破籃子，低了頭跨著枕木，一步一步走來。士毅本著一肚皮牢騷，想見到她說她兩句的，可是等她走到身邊以後，她忽然一笑低頭，低聲道：「你早來啦？」他無論有什麼大脾氣，這時也洩漏不出來了，只得也就向著她笑道：「我可不是早來了嗎？來得可就早了，妳怎麼這時候才來？」小南低著頭，默想了一會，才笑道：「這還晚了嗎？」士毅笑道：「晚是不晚，可是也不早。」這句話剛剛說完，忽然覺得自己太矛盾了，既是不晚，何又不早呢？這句話要加以解釋，恐怕更會引起人家的誤會，而且這件事，實在也無法可以解釋，便只得和她笑了一笑，把這事遮掩過去。她對於這些話似乎不以為意，依然低了頭，在一邊站著。士毅兩手背在身後，輕輕咳嗽了兩聲，向她笑道：「妳今天出來得這樣子早，妳媽沒有問妳嗎？」她搖了搖頭。士毅又沒有話說了，抬頭想了一想，才道：「我們順著鐵路走一走吧。回頭我帶妳逛天橋會，買一些東西送妳。」小南道：「順著鐵道往哪兒走哇？」士毅道：「反正我們不能站在這裡說話，現在逛天橋，又嫌早一點，我們不順著鐵道蹓躂蹓躂嗎？」小南也不說可以，也不說不可以，低了頭不作聲。士毅心裡砰砰地跳了一陣，手伸到衣袋裡去，摸著他帶的錢。他本來是些一元的鈔票，他昨晚在靈機一動之下，就把鈔票換了兩塊現洋在身上，這時握了一塊銀元在巴掌心裡，便掏了出來。見小南背了身子低著頭的，就把這樣錢一伸，想遞給她。但不知是何緣故，這手竟有些抖顫起來。於是復把這樣錢收起，又揣到衣袋裡去。但是將銀洋剛剛放下，看了小南那樣默默無言的樣子，覺得老如此站著不動，絕不是辦法，於是又把銀洋掏了出來，先捏在手裡，向她笑道：「妳今天不短錢用嗎？」她先是默然，後又答道：「我哪天也短錢用呢。」士毅道：「囉！這一塊錢，給你去買雙襪子穿。」她突然聽到一塊錢三個字，似乎吃了一驚，便掉轉身來，向士教望著。見他果然拿了一塊錢在手，即時無話可說，卻道：「你幹嘛給我這些錢啦？」士毅真不料給她一塊錢，她會受寵若驚，那手就不抖顫了，將銀元遞到她手裡，笑道：「這不算多，回頭我還要給妳錢呢，妳和我走吧。」

小南將一塊錢捏在手心裡，便移起腳步來。士毅和她並排走著，靜默了許久，不知道要和她說句什麼才好？久之久之，才笑道：「妳不樂意和我交朋友嗎？」她將頭一扭，笑了。士毅一看這樣子，她不是不懂風情的孩子，便道：「我們一路走著，若是有人問我們的話……」小南笑道：「我曉得，我會說你是我哥哥。」這哥哥兩個字，送到士毅耳朵裡來，不由得周身緊縮了一陣，笑道：「這就極好了。妳不是很聰明嗎？」小南道：「這年頭兒，誰也不傻呀？」士毅一直向前走，漸漸走到無人之處，便擠著和她並排走，又道：「我替妳提了這籃子吧。」於是把籃子接了過來，一手接了籃子，一手便握了她的手。

那小南姑娘，雖是將手縮了一縮，但是並不怎樣的用力，所以這手，始終是讓人家緊緊地握著。她無所謂，不過是低了頭，依然緩緩走路而已，可是士毅只感到周身熱血奔流，自己已不知道是到了什麼環境裡面。想了一些時候，才想到她的家庭問題，可以作談話資料，便問道：「妳父親幹什麼的？」小南道：「他也是個先生呢，因為他眼睛壞了，我們就窮下來。」士毅道：「他有多大年紀哩？」小南道：「他四十九歲了。」士毅道：「三十多歲才生妳啦？妳母親多大歲數哩？」小南道：「我媽可年歲小，今年還只三十四歲呢。」士毅道：「妳父親當然是個可憐的人了，妳母親呢？」小南道：「我媽為人也很直爽的，就是嘴直，有些人不大喜歡她。」士毅道：「若是我見到妳媽，她怎樣對待我呢？」小南道：「你別說和我出來玩過，那就不要緊。」士毅將她的手緊緊捏了兩把，笑道：「為什麼呢？」小南把手一縮，把手摔開了，笑著扭了脖子道：「你是存心還是怎麼著？這又什麼不明白的？」士毅知道她是不會有拒絕的表示的。膽子更大了，就扶了她的肩膀，慢慢地走著道：「妳能天天和我出來玩嗎？」小南道：「行啦。我有什麼不成？可是你要天天辦公的，哪有工夫陪我玩呢？」士毅用手摸著她的頭髮，笑道：「妳這個很好的孩子，為什麼頭也不梳，臉也不洗，糟到這種樣子哩？」小南道：「像我們這種人，配梳頭，配洗臉嗎？一轉身就全身黑。」士毅道：「妳難道願意一輩子撿煤核嗎？」小南道：「誰是那樣賤骨頭，願意一輩子撿煤核？」士毅道：「我也知道妳不能那樣傻。可是妳弄得身上這樣亂七八糟的，除了我，那裡還有那種人和妳交朋友？」小南點了點頭道：「你這人是很好的。」士毅道：「妳知道很好就得了。可是妳要和我交朋友，妳必得聽我的話，第一，別和那些撿煤核的野小子在一處。第二，妳得把身上弄乾淨一點。自然我總會天天給妳錢花，讓妳去買些應用的東西。」小南道：「你在那個慈善會裡，一個月能賺多少工錢呢？」這個問題，逼著士毅卻無法子答覆，說多了不像，說少了，又怕小南聽了不高興，想了一想，便反問她一句道：「妳看我一個月應該賺多少錢哩？」小南低了頭一步一步地走著，突然一抬頭道：「我看你總也賺個十塊二十塊的吧？」士毅鼻子裡微微哼了一聲道：「對了。」於是二人又悄悄地向著西便門走去。士毅道：「妳家裡一個月要花多少錢？」小南道：「沒有準，多賺錢，多用，少賺錢少用。」士毅道：「若是一個月，妳家有我賺的這些錢，妳家夠用的嗎？」小南道：「那自然夠用的了。」士毅道：「那麼，妳家有我這樣一個賺錢的人，妳家裡就好了。」小南望了他微微一笑。士毅笑道：「這樣吧，我到妳家去，給妳媽作乾兒子，那麼，妳家就有一個養家活口的人了。」小南道：「我們家哪配呀？」士毅嘻嘻地笑道：「為什麼不配？只要妳答應，妳家就算辦通了一半了。」小南將身子一閃道：「仔細人來了，別動手動腳的。」士毅道：「妳說的，我們是兄妹相稱，人瞧見了也不要緊呀。」小南道：「嘿！說著說著，快到便門了，你帶我到哪兒去呀？」士毅道：「出便門去玩玩吧，我們只當是逛公園。回頭我們僱洋車上天橋去吧。」小南道：「可別走遠了。走遠了，我有點害怕。」士毅道：「沒關係。有我在一處走著，走到天邊也不要緊，妳餓了嗎？前面有家油條燒餅鋪，我們買點兒吃的，妳看好不好？」小南笑著點了點頭。

說著話，走開鐵路，就向便門的一條小街上來。這裡有燒餅店，有生熟豬肉店，有油鹽小雜貨店。於是買了十二個燒餅，十二根油條。又到豬肉店裡，買了兩包盒子菜。所謂盒子菜者，乃是豬肉店裡，將醬肉醬肘子，以及醬肚鹵肝的屑末併攏在一處，用一張荷葉包著，固定了是十個子一包，或二十個子一包，雖然是不大衛生，然而在吃不起肉的窮人，藉著這個機會，總可以大大的嘗些肉味了。士毅自己拿了油條燒餅，這荷葉包是用繩子掛著的，就付與小南提著。小南提了那兩包盒子菜，雖然是不曾吃到口，然而聞到這種醬肉的氣味，已經讓她肚子裡的饞蟲，向上鼓動，不由她不跟著士毅走了。士毅帶她走出了便門，就向鄉下走來。

這個時候，田地雖是不曾長上青來，可是有一大部分的樹林，都有了嫩綠的樹葉子了。在暖和的太陽下面，照著平原大地上，有了這滿帶著生機的樹林，令人望著，心裡說不出來的有那分高興。走了有一里路之遙，士毅看著，前後並無行人，路的南邊，有半倒的廢廟，便向廟後指道：「我們先到廟後把東西吃了再走吧。」小南並不駁回，就跟著他一直向廟後走來。廟的後身，有片高土基，二人走到土基上，找了兩塊青磚放在地當中，將油條燒餅盒子菜，全放在青磚上，然後邀著小南席地而坐。自己先拿一個燒餅斜面披開，將一根油條，夾在燒餅中間，遞到小南手上，笑道：「妳先吃這個。」小南不曾吃到口，先聞著那股子芝麻香油味兒，咕嘟一聲，便嚥了一次口沫。不過當了人家張開大嘴來，似乎有點不好意思，因之半側了身子，背著人家咀嚼。不到兩三分鐘的工夫，就把一個燒餅吃了下去。士毅真是能體貼人家，當她吃完了背轉身來的時候，他已經在一個燒餅裡面，灌著滿滿的盒子菜，又遞到她手上去。她低頭笑道：「你盡讓我，你自己不吃嗎？」士毅道：「我為什麼不吃？我給妳預備好了，我再吃呀。妳看我這個朋友不錯吧？」小南笑著點點頭，只管微笑。

士毅看了四周沒有一個人，就靠了她坐著，將她一隻手拉到懷裡來，笑道：「小妹妹，你知道我很愛妳嗎？」小南自有生以來，不曾聽過人和她說出這種話，十六歲的孩子，聽了這種話，又有什麼不明白的？不知是何緣故，她周身的肌肉，在這一句話之後，一齊抖顫起來。自己雖依然還在吃燒餅已經不是吃燒餅那樣覺得燒餅特別的好吃，現在卻是很平常的了。士毅雖是個男子，也是心裡砰砰亂跳，在那句話說過之後，他一樣的也沒有什麼話可說了。靜默之中，無事可幹，只是陪著人家吃燒餅而已。把燒餅油條盒子菜都吃完了，依然不敢把心中要說的話說了，只管向小南望著，小南是將背朝著他，他就可以看到小南的後頸窩，這可有點掃人的興頭，只見在脖子上的黑泥，幾乎成了一層灰漆，便向她道：「妳轉過臉來，我給樣東西妳瞧瞧。」說著，在身上一掏，掏出一個白毛巾包來。小南一回頭看到，便問道：「這裡面是什麼？」士毅笑道：「我特意為妳買的呀。」於是將毛巾包子打了開來，小南看時，乃是一塊胰子，一把小骨梳。小南道：「你把這東西送我嗎？」士毅站起來，用手向東邊的壞牆根一指，笑道：「那裡有一道河，我帶妳到那裡去洗個臉去。」小南道：「幹嘛洗臉？」士毅道：「嘿！妳這樣一個年輕的姑娘，為什麼不愛好？妳一定很好看的，我要看妳洗了臉之後，是個什麼樣子？」小南抿嘴笑道：「好不了。別看！」士毅道：「去洗臉吧。洗了臉之後，我給妳做好衣服穿。走吧！」

說著，挽了小南一隻胳膀，就要她起來。她本來也無可無不可，經他用力一拉，更是不能不動，於是隨著他又向城牆邊走來。這里約有半里路之遙，在城牆之外，有一道城壕，這外城的城壕，並沒有人家家裡的溝水流去，很是清亮。士毅扶著她，慢慢走到壕邊上來，笑道：「妳到水邊下去，我給你開一個光。」小南道：「你真要我洗臉嗎？」他如此說著，再也不客氣將她拖著，就拖到城壕邊來。自已先蹲下去，拉著她也蹲下來。她到了這時，已失卻抵抗的能力，一來是一個女孩子，跟著一個壯年男子，到了野外來，如何敢得罪他？二來也覺士毅這個人待人很好。於是蹲下來笑道：「我這樣大的人，難道臉都不會洗嗎？」於是接過手巾，浸在流水裡面，搓了幾把。士毅道：「不行，還是我來吧。」於是替她先捲著兩隻袖子，露出一隻溜圓的手臂來。然後一手按了她的脖子，一手將溼的毛巾，在她臉上搽抹起來。先搽抹過一遍，再用胰子在手上擦了一層，就由她的臉上洗到耳朵邊下，由耳朵邊下，再洗到後頸窩裡。小南笑得只是將身子縮著一團，連道：「你別動手，我怕咯支，你叫我洗那裡，我就洗那裡得了。」士毅因她極力閃躲著，自己蹲在地上，側了身子，實在也是費力得很，就站在她身後道：「妳再洗洗頭髮。」她果然就低了頭，用手巾打溼了水，自在頭上淋洗下去。洗了一擦胰子，擦了胰子又洗。士毅道：「行了。我來給妳梳梳，妳自己洗洗臉，洗洗手胳臂。」說著，撿起那把小梳子，在她身後，慢慢梳了起來。她帶等著他梳頭，將她的臉和手，洗過了無數回。

士毅在她身後，已經看到她的後頸脖子，潔白異常，她有時抬起頭來，那兩隻手胳臂，也是像嫩藕似的。頭髮梳清了，又沾了水，由白的脖子一襯托，也是很烏亮，士毅笑道：「怎麼樣？妳這不是一個很好的孩子嗎？來，妳掉轉身來，我給你梳一梳前頭的覆髮。」她聽說，真個站了起來，將臉對著他，眼珠一轉，向他微微一笑。士毅突然和她面對面之後，不由得發了愣，她笑著，他卻說不出話來。手上的梳子，落下地去，也不知道。許久，才失聲道：「哎呀！妳有這樣美呀？」原來她洗過臉之後，露出她整個的鵝蛋臉來，又白又嫩，剛剛是有點害臊，兩頰更是紅起兩個圓圓的暈來。白裡透紅，非常的好看。士毅原來就覺得她一雙眼睛不錯，現時在一度洗過臉之後，那一雙眼睛更是烏亮圓活。而且她向人一轉，且又露著白牙一笑，實在是媚極了。真不料一個撿煤核的女郎，有這樣漂亮的臉子，真是把一塊美玉藏埋在汙泥裡面了。小南看他向著自己發愣，便道：「你幹嘛呀？不認得我嗎？」士毅道：「這樣一來，我真不認得妳了。妳……妳……」小南道：「我什麼？」士毅道：「妳可惜了。」於是拉著她一隻手臂，反覆看了兩看，又送到鼻子尖上，聞了幾下，情不自禁的，突然兩手將小南一摟。小南藏躲不了，就將頭藏到他懷裡去。士毅渾身的血管又緊張起來，緊緊地將她摟抱著，低了頭，就要向她脖子上去聞著。在她這一低頭之間，見她衣服的領圈，溼了一大塊，於是慢慢地給她捲著領子。在這時，發現了她衣領之下，套了一根細的線辮在脖子上，兩個指頭一鉗，提出線來，那線並不短，最下端，卻有一樣黃色的東西。士毅不摟著她了，將那黃色的東西，托在手上一看，原來是個銅質製的X字，因問她道：「妳身上懸了這樣一個東西，是做什麼的？」小南搶著，依然向自己衣領子裡塞了下去。笑道：「銅東西，戴著怪寒磣的，我不讓人看見。」士毅道：「既是怕寒磣，為什麼戴著？」小南道：「那是我爸爸給我戴的，不讓我擱下。」士毅道：「妳爸爸讓你戴這個做什麼？」小南道：「我爸爸是個居士。」士毅呀了一聲道：「妳也懂得居士兩個字？你爸爸吃齋嗎？」小南道：「對的，我爸爸吃齋，我媽可是老和他搗亂，有了錢也買肉骨頭回來吃，我爸爸沒法，只好餓一餐。」士毅道：「這樣說，妳爸爸信佛信得厲害！」小南道：「可不是？老在家裡打坐。他真有個耐性，窮得兩三餐沒飯吃，他也不在乎。」士毅聽了這話，有些感動了，不由得向後退了一步。因望著她的臉，許久許久才道：「妳也信佛嗎？」小南道：「我不大懂這個，可是我爸爸說，信佛有好處，老讓我唸阿彌陀佛。」士毅道：「妳爸爸信佛，我爸爸也信佛。我自小就沒有娘，是我爸爸把我帶大的。他常對我說，為人不光是唸過嗎？」小南道：「我唸什麼呀？老唸著佛，佛也不給我飯吃。」士毅道：「妳爸爸信佛，我爸爸也信佛。我自小就沒有娘，是我爸爸把我帶大的。他常對我說，為人不光是靠本事混飯吃。還要靠良心混飯吃。有本事沒良心，吃飽了飯，也是不舒服。有良心沒本事，吃不飽飯，心裡總是坦然的。他又說人心是無足的，只有善良的人可以心足。我想妳的父親為人，真如我的父親一樣呀。我父親死的時候，在他手腕上解下一串佛珠給我，他說，沒給我留家私，家私是沒有的。俗言說得好：兒子好似我，留錢做什麼？兒子壞似我，留錢做什麼？所以把這串佛珠給你，鎮鎮你的心，你要起了什麼不好的念頭，你就看看這串佛珠，記起我的話來。你記著，一個人怎麼樣沒有本領，也可以賣力吃飯，就是良心要緊。沒良心，窮了會出亂子，有了錢，更會出亂子。你的父親，不像別的父親，是又當爹，又當媽的，你要記得我的話，你就要做一個善良的人。他說完就死了。我以前也很信佛，這兩年窮得我恨極了，父親給我的佛珠，我收起來了，父親告訴我的話，也忘記了。現在妳提起來，他那樣窮，還信佛，不做壞事，真是個好人，他年將半百，就是妳這樣一個姑娘，我不能騙妳，我不能害妳。妳父親和我父親，同是善良的人。我二十多歲的人，花一兩塊錢，騙妳這樣一個十六歲的孩子，我也對不住我父親。」

小南聽了他這話，卻莫名其妙，只是怔怔地望了他。他道：「妳不知道以前我年輕的時候，我就常常受人的欺侮，我覺得，我父親太沒有用了。一個人窮了，不過是少吃少喝，不幹人器具麼事，為什麼人家要欺侮我？現在我聽妳說這話，我想起妳窮妳的，不干我什麼事，為什麼我要欺侮妳呢？小妹妹，我實在不是真愛妳，現在看妳生得這樣漂亮，有些真愛妳了。我愛妳，不能害妳，假使我有那個能力，可以娶妳的話，一定託人出來做媒，好好地辦起這件事。妳年輕，懂得我這話嗎？」小南掀起一隻衣襟角，將牙齒咬著，好久，微笑道：「我怎麼不懂？」士毅道：「妳懂就好了，可不可以引我去看看妳媽和妳爸爸呢？」小南道：「我媽的脾氣不大好，我不敢說。可是我爸爸人挺和氣，怎麼都可以的。我爸叫常有德，有子兒，就喜歡上小茶館。因為他的眼睛看不見，只有上小茶館聽聽書，還是個樂子。你這人不壞，我樂意你和我父親交個朋友。」士毅將水裡的毛巾撈了起來，擰著擦了一把臉，立刻清醒了許多，覺得剛才那樣摟抱著人家，未免太魯莽一點，望望她的手臉，又看看她的頭髮，靜默了些時間，才道：「小南，我送妳回家去吧。」小南道：「你不是要帶我去逛天橋去嗎？」士毅道：「不要逛吧。有逛的錢，我可以多給妳幾個。讓妳去做點小生意買賣。」小南道：「我一個姑娘，能做什麼買賣？」士毅道：「為什麼不能做？妳能撿煤核，就能做買賣。據我想，妳可以販些報去叫賣，也可以販些糖子兒賣。以前我看到一個壞了眼睛的人，讓兒子牽著，在街上賣花生。」小南道：「你這話，也跟別人勸我父親一樣，讓他去算命。我父親說，算命的人是江湖，不騙人不行，他是個誠實的人，不能說瞎話。」士毅道：「這樣說，妳父親更是好人了。他說他不能騙人，那是做不要本錢的買賣。現在做小生意，是將本生利，有什麼關係？妳回去可以和妳父親談談，假使妳父親願意交我這樣一個朋友的話，我就可以幫他的忙。」小南道：「我怎麼好意思和他說呀？」說著，她又紅了臉。士毅看她臉上像春海棠一樣，實在可愛，想伸手去扶她，又停止了。還是彎腰將地上的胰子和梳子撿了起來，還是把那溼手巾包上，笑道：「我們可以走了。」說著，他首先由城壕裡登了岸。小南笑著跟了上來，向他道：「你把我洗得這樣乾乾淨淨的，回去了，我媽問起來，我怎麼說？」士毅道：「這是怪話了？難道妳媽，非要你髒得像鬼一樣就不行嗎？」小南道：「我一向都髒慣了，洗乾淨了，倒有些不好意思見人。」士毅嘆了口氣道：「社會上真有這樣矛盾的事情。假使妳怕臉乾淨，倒有人家笑話，妳就可以把臉再搽髒來得了。」小南見士毅嘆了一口氣，便笑道：「既是你不願意我那樣，我就乾淨著回去，我就說是今天逛了什剎海，在那裡洗的。」士毅道：「我願意怎樣，妳就肯怎樣嗎？」小南又低下頭去。

士毅在她一低頭，或者一發笑的時候，總不免向她呆看下去。但是在這個時候，也每每聯想到她胸面前懸的那個X字。無論如何，自己父子，都曾一度做過好人，不能對於這樣一個知識幼稚的女子，用什麼手腕去蹂躪她。所以在發一會呆之後，又轉念過來，愛她是一個事，騙她是一件事。這時，她發愣之後，小南倒先開了口，便道：「你不是說送我回去的嗎？還有什麼話要說呢？」士毅道：「沒有話說了，我送妳回去吧。」於是和她並排而走，向進西便門的大道走來。二人差不多走到西便門了，走到人家土院牆下，士毅回頭看看春天的郊野，在陽光下，生氣是那樣勃發，便又掉轉身來。小南笑道：「你這人是怎麼啦？走走路，老會停著的。」士毅向她笑道：「這樣好的天氣，跑回家去又沒事，在鋪上躺著，也怪可惜的，我很想在城外還玩一會子。」小南道：「玩一會子，就玩一會子吧，回去晚了，挨兩句罵，也沒有什麼。」

士毅抬頭一看，上牆裡一棵桃花，在日光下，正開得燦爛，忽然一陣風來，將桃花吹落一大片，漫散到牆外地下，於是他又得了一個新的感想了。

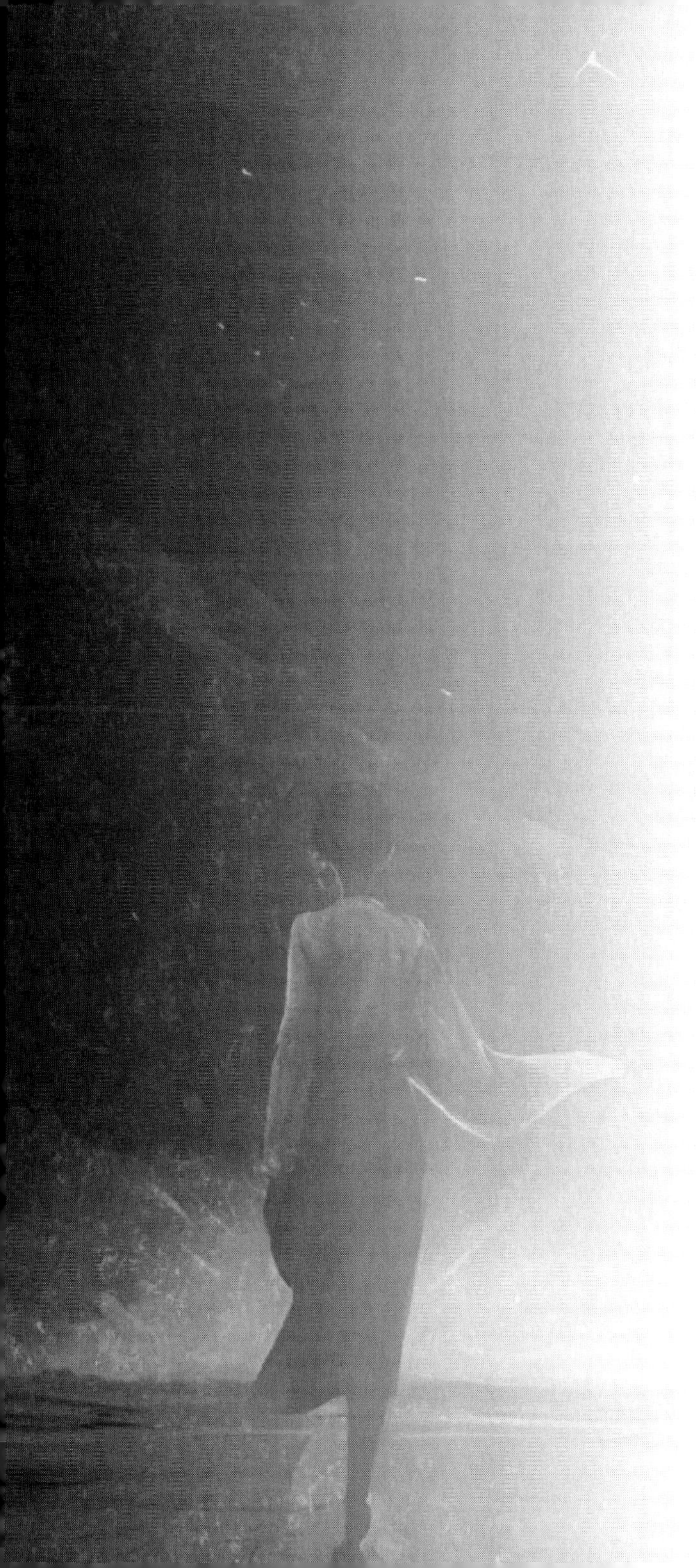

去垢見佳兒轉疑麗色　好施誇善士初警貪心

這一陣飛花，飄飄蕩蕩，落地無聲，卻打動了士毅一腔心事。心裡想著，這些嬌豔的鮮花，在樹上長著的時候，那是多麼好看！但是經過這陣微微的風吹過之後，就墜落到水裡泥裡，甚至於廁所裡，風是無知的，不去管它，若是一個人，用這樣惡毒的手腕去對付這棵花，那不顯得太殘酷了嗎？一個人對於一棵花，還不能太殘酷了，何況是對付一個人呢？現在小南子總還算是不曾沾染一點塵土的鮮花，假使自己逞一時的獸慾，花了極少數的錢，把人家害了，那比把一樹花搖落到水裡泥裡去，更是惡毒，因為只要樹在，花雖謝了，明年還可以再開，人若是被人糟蹋了，就不能算是潔白無瑕了。求愛是無關係的，然而自己對於這女子，並不是求愛，乃是欺騙呀。

小南見他向後面看著，只是不住地發呆，便道：「你還不想回城去嗎？望些什麼？」士毅道：「我倒不望什麼？我想今天這西便門外的地方，很可作為我們的紀念，也許將來有第二次到這裡來的時候，想想今日的事，一定是十分有趣味，所以我望一會兒，好牢牢地記在心裡。」小南道：「你還打算第二次到這裡來啦？這地方有什麼意思？」士毅道：「既然沒意思，今天妳為什麼來著？」小南道：「你有那樣的好意帶著我來，我不能不來呀！我不是花你的錢來著嗎？」小南不過是兩句平常的話，士毅聽到，猶如尖針在胸窩連連扎了幾下，同時還臉上一紅，便道；「以後妳不要這樣想了，難道我送妳幾個錢花，我就可以隨便的強迫妳陪著我玩嗎？妳這樣說了，我倒更不能不早早地送妳回去了。」說畢，掉轉身來，慢慢地就向西便門的大路上走。小南跟在他後面，顯出十分躊躇的樣子，覺得自己不該說那話，已經引起士毅的不高興，第二次再要向人家要錢，恐怕人家都不肯了。

士毅偶然一回頭，見她那樣很不自在的神氣，便問道：「怎麼樣？妳怕回去要挨罵嗎？」小南將上牙咬了下嘴唇皮，微搖了搖頭。士毅道：「那為什麼妳有很不樂意的樣子呢？」小南低了頭道：「你不是說帶我玩一天的嗎？這會子你就送我回去，我怕是你有些不高興我了。」士毅道：「不是不是，我以前是想帶妳玩一天，後來我看妳是個很好的姑娘，不能害了妳，所以我又要早早地送妳回去了。」小南道：「那麼，以後我們在什麼地方相會呢？」士毅背了手，只管慢慢地走著，低了頭望著地下，一路想著心事，忽然一頓腳道：「我有了主意了。我天天到慈善會去辦公，或者由慈善會回家的時候，我總可以由妳大門口經過，妳只陪我走一截路，有話可以對我說，我有錢，也就可以給你花。」小南道：「你賺多少工錢呢？能天天給錢我花嗎？」士毅道：「我賺錢雖是不多，可是每天夠妳花的幾個錢總不為難的。可是有一層，以後，妳要把身上弄得乾乾淨淨的，不許再撿煤核。妳家裡為了沒有煤燒火，所以要妳去撿煤核，我天天給妳錢買煤球，妳就不應當再撿煤核了。」小南道：「我也沒有那樣賤骨頭？有你給我錢，我還撿煤核做什麼？」

士毅聽她說來說去，都不離這個錢，瞧她那鵝蛋的臉兒，漆黑的眼珠子，是個絕頂的聰明相，倒不料她的思想，卻是這樣的齷齪，因向她道：「也不光在錢上，無論什麼事，我都願意幫妳的忙呀。」她對於這句話，似乎不理會，只是跟在身邊走著，慢慢地走著，進了西便門，又在順治門外的西城根鐵道上走路了。士毅道：「妳以為這世界上只有錢好嗎？」小南笑道：「你這不是傻話？世界上不是錢好，還有什麼比錢再好的呢？」士毅笑道：「哦！世界上只有錢是好東西，可是據我想，世界上盡有比錢還可寶貴的東西哩。現在妳不明白，將來慢慢的妳就會明白了。」小南笑道：「我怎麼不知道？比錢貴的東西，還有金鋼鑽啦。」士毅笑著搖了搖頭道：「了不得，妳都知道金鋼鑽比錢貴，可是我說比錢貴的東西，不是吃的不是穿的，也不是用的，也不是一切可以用金銀錢財去買得到的。」小南道：「喲！那是什麼東西呢？」士毅道：「現在和妳說，恐怕妳不會明白，再過個三年五載，妳就明白了。」

小南低了頭只管想著，一步一步向前走著。她不說話，士毅也不說話，靜默著向順治門口走來。士毅覺得再不說話，就到了熱鬧街市上，把說話的機會耽誤過去了，因之站定了腳，低低道地：「嘿！妳不要走，我還有兩句話對妳說呢。」小南聽說，掉轉身來向他望著，問道：「你說的話，老是要人家想。要是像先前的話，我可不愛聽。」士毅道：「這回的話，用不著妳猜，我說明了，妳就懂得我是什麼意思了。我說的是……」口裡這樣說著，兩手把衣襟抄著抱在懷裡，將腳板在鐵道的枕木上敲拍著，放出那沉吟的樣子來。小南皺了眉道：「我說你的話，說出來很費力不是？」士毅笑道：「不是我說起來費力，我怕妳嫌我囉嗦。我的話，就是我實在喜歡妳，希望妳不要以為我今天沒有陪著妳玩的高興，妳以後就不和我交朋友了。我天天和妳見面，準給妳錢。錢算得了什麼？賺得來，花得了！就是彼此的人心，這是越交越深的，妳不要在錢那上頭想。」小南笑著將身子一扭道：「真貧，說來說去，還是這兩句話。」士毅笑道：「不是我貧，我怕妳把話忘了，就是那樣說，我們明天上午見面了。八九點鐘的時候，我會從妳家大門口經過的。」小南本想再說他一句貧，可是手撫著衣袋碰到了士毅給的那塊現洋，心裡想著，可別得罪人家了，人家老是肯給錢花，若是得罪了他，他以後就不給錢我花了，那不是自己塞死一條光明大路嗎？因之把要說的話，突然忍了下去，只向士毅微微一笑。

士毅認為她對於自己的話，已經同意了，便笑道：「我們現在要進城了，我知道妳在路上怕碰到了人，不肯言語的，不如趁了這個時候，妳就先告訴我。」小南搖著頭道：「我沒有什麼話說，反正天天見面，有事還來不及說嗎？」士毅聽了天天見面這句話，心中大喜，笑道：「對了，從今天以後，我們總要過得像自己兄妹一樣才好哩。」小南將肩膀一抬，縮了脖子道：「什麼？」說畢，回過頭來，向士毅抿嘴一笑。士毅看得這種笑，她似乎不解所謂，又似乎解得這有言外之意，有些害臊。便悄悄地在她身後緊跟著，由城裡走上大街，由大街走進小衚衕。繞了幾個彎，不覺到了上次小南不要他跟隨的所在，於是停住了腳，向她笑道：「到了這裡了，我還能跟著妳走嗎？」小南也停了腳，向他面著站定，將一個食指的指甲縫，用門牙咬著，轉了眼珠子，不住地帶著笑容，士毅道：「因為上次我走到這裡，妳就像很害怕似的，所以我今天不必妳說，我先後退了。」小南連轉了幾下眼珠子，突然將身子一轉，笑道：「明天見吧。」

她口裡說著，兩條腿跑得很快，已經轉過了一個彎了。她到這裡，就定了定神，挨著人家的牆腳，慢慢向家裡走，走到大門口的時候，一腳向裡一踏，忽然想起自己臉上擦洗得很乾淨了，母親若要問起來，自己用什麼話來對答？因之立刻將腳一縮，待要退到衚衕裡來。恰是她母親余氏由屋子裡走到院子裡來了，要退走也是來不及，只得走上前來。余氏果然喲了一聲道：「這是怎麼回事？今天妳把臉擦得這樣子乾淨？」小南知道怎樣抵賴，也不能說臉上原來是乾淨，便道：「我這臉，就該髒一輩子，不准洗乾淨來的嗎？」余氏道：「乾淨是許乾淨，可是妳不在家裡洗，怎麼到外面去洗呢？我不問別的，我要問問妳，在什麼地方洗的？」小南低了頭，悄悄地走到院子裡，一隻手伸到衣袋裡去，捏住士毅給的那一塊錢。一手扶著牆壁，只管向屋子裡走。

他們雖是窮家，倒也是獨門獨院，大門口一堵亂磚砌的牆，倒是缺了幾個口子，缺得最大的地方，卻用了一塊破蘆席抵祝院子裡犄角上，滿堆了破桌子爛板凳以及碎藤簍子斷門板之類。這院子裡就餵養了三隻雞，那雞在這些家具上，拉滿了屎尿，土掩著，太陽曬著，結了一層很厚的殼。上面只有兩間屋子，裡面這間，有一張大炕，就把這屋子占了十停的八九停。自然全放的是些破爛的東西。外面這間屋子，就無所不有了。小南的父親，在牆上貼了一張佛像。佛像上掛了兩塊一尺寬長的板子，上面放了幾本殘破的佛經，裂口的木魚，一根粗線，穿了十來個佛珠子。小南的母親在佛像的上面，也供了她所謂的佛爺，乃是南紙鋪裡買來的三張木印神襆，有門神，有竈神，有騎著黑虎的財神爺。有一張紅紙條兒，寫了天地父母師神位。這下面一張破長桌，桌面是什麼顏色的，已經看不出來，除了三條裂縫而外，便是灰土，桌子上亂放了一些瓶缽壇罐。桌子下面，便是小南的成績展覽所，煤核報紙布片，堆了兩三尺高。桌子對過，兩個爐子。一個破爐子，放了砧板菜刀和麵笊子。一個籠著的爐子，有個無蓋的洋鐵筒子，壓在火苗上燒水。屋子裡這已夠亂的了，而且還有一條板凳，一堆青磚，搭了一塊門板的睡鋪。鋪上正躺著個瞎子，他就是小南的父親了。這時聽到余氏在喝罵小南的時候，把怨恨夫人的氣，一古腦兒通了出來，就坐起來，用腳連連打著床板道：「嘿！妳這是怎麼管女兒的法子？女兒把臉洗得乾乾淨淨，這正是好事，妳怎麼倒罵起她來了？」余氏道：「你知道什麼？這年頭兒，人的心眼兒壞著啦，這麼大丫頭，可保不住有人打她的主意，好好的兒把臉洗得乾乾淨淨，頭髮梳得光溜溜的，很是奇怪，我就怕她有什麼不好的事。」常居士道：「據你這樣說，洗臉梳頭，還得挑一個日子嗎？」余氏道：「日子是不用得挑，可是為什麼今天突然洗起臉來？」常居士道：「她除非這一輩子不洗臉，若是要洗臉的話，總有個第一次，這個第一次，在妳眼裡看來，就是突然洗起來，就該奇怪了。妳說吧，她讀到什麼時候，才可以洗臉呢？」這幾句話，倒釘得余氏沒有什麼話可說。她也覺得自己女兒開始洗起臉來，這不算得什麼稀奇的事，瞧著小南手扶了牆，一步一步地挨著走，嚇得怪可憐的樣子，自己也就不能再讓她難堪了。於是默然無言的，正要向屋子裡走，忽然噹的一聲，聽到有一種洋錢落地的聲音。這可奇怪了，這樣窮的人家，哪裡會有這種聲音發生出來？於是一縮腳回轉身來，看這錢聲何來？卻見小南彎了腰，手上正拾著一塊大洋呢。便三步一跑，兩步一蹦地，跑到小南身邊，隔了兩三尺路，就劈面伸過手去，將洋錢搶到手裡來。捏在手心裡，看到洋錢又白又亮。而且還是熱熱的，好像是放在懷裡很久的錢，便瞪了大眼睛向小南道：「哈哈！妳這賤丫頭，我說怎麼著？妳是有了毛病不是？妳說這是上了誰的當？妳要不實說出來，我今天要打死妳。」她右手將錢揣到衣袋裡去，左手連連將小南推了幾推。放好了錢，抽出右手來，遠遠地橫伸了個大巴掌，就要有打她的樣子，小南嚇得向後連連倒退了兩步，那臉上簡直如鮮血灌了一般。余氏一看到這種樣子，更是有些疑心，就左手一把抓住她的頭髮，右手不分輕重向她臉上拍拍地連打了幾個耳刮子。小南被打得滿臉麻木，身子便向下一挫，哇的一聲，哭了起來。余氏那由她挫下去？伸手將她的衣領，一把揪住，又把她提了起來，喊道：「賤丫頭，妳說，這塊錢是誰給妳的？妳又怎麼了？」她說著話，身子似乎也有些發抖，然後放了她，回轉頭來，看到地上有一塊大青磚，就坐到青磚上，兩隻腳連連在地上跌著道：「這不活氣死人嗎？這不活氣死人嗎？」

那位失了明的常居士坐在鋪板上，多少聽得有些明白，只是靜靜聽著，沒有作聲，到了這時，也就昂了頭向屋子外面問道：「這丫頭會做出這種事來，這是要問個詳細，不能輕易放過她。」小南蹲在地上，兩隻手捧了臉，也是只管哭。余氏對她呆望了一會，咬著手輕輕道地：「賤貨！妳還哭些什麼？非要鬧得街坊全知道了不行嗎？妳跟我到屋子裡去，照實對我說。妳要不對我說實話，我要抽斷你的脊梁骨。」說著，又拖著小南向屋子裡走。小南是十六歲的姑娘了，當然也懂得一些人情世故，便哭著道：「我沒有做什麼壞事，妳要問就只管問。」於是跌跌撞撞地被她母親揪到屋子裡邊來。到了屋子裡，余氏兩手將她一推，推得她大半截身子都伏在炕沿上。余氏頓著腳道：「我恨不得這一下子就把妳摔死來，妳這丟臉的臭丫頭。」常居士在外面屋子裡，也叫著道：「這是要重重地打，問她這錢是由哪裡來的？這事不管，那還了得？」

小南聽了爹媽都如此說了，料著是躲不了一頓打的，便跌著腳道：「打什麼？反正我也沒有做什麼壞事？人家是慈善會裡的人做好事，這錢我為什麼不要呢？」余氏道：「妳胡說！做好事的人，也不能整塊大洋給妳。再說，做好事就做好事，為什麼要妳洗乾淨臉來才給錢呢？」小南道：「臉是我自己洗的，幹人器具麼事？」余氏走上前，兩手抱了小南的頭，將鼻子尖在她頭髮上一陣亂嗅，嗅過了，依然將她一推道：「妳這死丫頭，還要犟嘴，妳這頭髮上，還有許多香胰子味，這是自己洗的頭髮嗎？妳說，妳得了人家多少錢？妳全拿出來。告訴我，那人是誰？我要找他去。妳若說了一個字是假的，我打不死妳！」小南道：「妳不要胡猜，我實在沒有什麼壞事。他是在慈善會裡做事的先生，看到我撿煤核老是挨人家的打，他怪可憐我的，就問我家有什麼人？怎麼這樣大姑娘出來拉煤核呢？我說，我父親雙目不明，我又沒有哥哥弟弟，沒有法子，才幹這個。他又問我父親幹什麼的？我說是念書的人，現在還念佛呢。他聽說就高興了。他說，他也是信佛的人，還要來拜訪我爹啦。他就給我一塊錢，讓我交給爹做小生意買賣，妳若不信，我們可以一塊兒去問。」

余氏聽了這話，想了一想道：「他憑什麼要妳洗臉呢？」小南道：「這也是人家勸我的。他說，人窮志不窮，家窮水不窮，一個人窮了，為什麼臉也不洗？他給我一小塊胰子，讓我自己在他們金魚缸裡舀了一盆水，在他們大門洞子裡洗了個臉。我做的事都告訴妳了，這也不犯什麼大法吧？那塊錢不是給妳的，妳別拿著。」余氏聽了這話，把那塊錢更捏得緊緊的了。便道：「哼！妳這些話，也許是胡謅的！世上不會有這樣的好人？」小南道：「妳不信，我也沒有法子，妳可以到那慈善會去打聽打聽，有沒有一個姓洪的？」

余氏看女兒這樣斬釘截鐵地說著，不像是撒謊，這就把責罰她的態度改變了，因在臉上帶了一點笑的意思，很從容地低著聲音向她道：「只要妳沒有什麼錯處，那我也就不罵妳了。可是這個人要做好事的話，絕不能給妳一塊錢就算了，一定還有給妳的錢，妳實說，他給了妳多少錢？妳拿出來了，妳就什麼事都沒有。」小南道：「他倒是說了，將來可以幫我們一些忙，可是今天他實在只給了我一塊錢，妳不信，搜我身上。」說著，兩手將衣的底襟向上一抄，把一身的白肉都露了出來。常居士在屋子那邊聽到這些話，就喊起來道：「嘿！妳這也未免太笑話了？妳先是風火雷炮的，只管追問她做了什麼事，現在那件事還沒有問到徹底，妳又對她要錢，妳這是教導女兒的法子嗎？」余氏聽了這話，由裡面屋子裡，就向外面屋子裡一衝，挺著胸道：「女兒是我生出來的，我愛怎樣教導她，就怎樣教導她，你管不著！有人做好事給錢，我為什麼不要？難道錢還燙手嗎？你有本事，你出門去算命，占個卦，賺幾個錢來養活你的閨女。現在你還靠著我娘兒倆來養活你，你有什麼話可說？」

常居士是個極懦弱的人，平常就不敢和余氏談什麼激昂的話，今天余氏罵姑娘的時候，氣焰非常之凶，這個時候若是和她頂上幾句，可就怕她生氣，只得默然無語。余氏向他將嘴一撇，微微笑著，依然走到裡面屋子裡來，於是拉住了小南的手，又低聲問她道：「據妳說，這個人是個好人，他幹什麼事的？」小南道：「我也有些鬧不清了，好像是寫字先生。」余氏道：「妳曾用過人家的錢，連人家是幹什麼的，妳都不知道？」小南道：「我不是告訴妳了嗎？人家是做好事的，又不是我的什麼親戚朋友，我管他是什麼張三李四？」余氏道：「妳知道他在慈善會一個月拿多少薪水呢？」小南道：「人家做好事的，我怎能問人家一月賺多少錢呢？」余氏道：「這樣也不知道，那樣也不知道，妳這孩子，白得了這樣一個好機會了。他身上穿的是什麼衣服？妳總知道，你看他究竟闊是不闊呢？」小南道：「衣服可穿得不闊，不過是一件灰布大褂罷了。」余氏道：「穿灰布大褂的人，能做好事，這話我簡直不相信。」常居士又忍不住了，便道：「妳這話真是不通，難道穿灰布大褂的人就不配做好事嗎？」余氏道：「我們這邊說話，你不用管。」小南道：「我看那個人，也不過在那裡混小事的，賺不了多少錢。不過他就是賺不了多少錢，反正也比我們闊得多。他每天早上八九點鐘，總會由這條衚衕裡，走過去的。碰巧妳要是在大門口遇見了他，我就指給妳看。」余氏道：「這樣說，妳並不是今天才認識他，妳已經認識他好多天了。這幾天，妳老說撿著東西賣了錢了，我看那錢不是賣東西的，全是那人給的，對也不對？」

小南坐在炕沿上，將身子半倒半伏著，只管用一個食指，去剝那炕上的破蘆席。余氏道：「妳說呀！究竟是怎麼一回事呢？」小南道：「可不是嗎？天天總給我幾十個銅子，他說，撿煤核兒又髒，又和野孩子在一處，大姑娘不應幹這個，所以天天給我銅子回來交帳，讓我別撿煤核。」余氏想了一想道：「照說，這個人是好人，說出來的話，也很受聽。可是撿煤核的大姑娘，多著啦。他怎麼就單單說妳一個人可憐呢？」小南道：「不就是為了有人打我嗎？」余氏道：「天天都是給你三四十個銅子，為什麼今天給妳一塊錢呢？這是為了妳洗臉的原故嗎？」小南道：「他給我錢和洗臉有什麼相干？也就是他聽到我說，我父親是個信佛的人，這倒很對了他那股子勁，所以多給了幾個錢。」常居士在那邊屋子裡道：「這樣看起來，這個人簡直是好人，他明天要走過大門過身的話，妳可以把他引進來，我要問問他的話。」小南看到母親的態度，早是變好了，不過是要錢而已。現在父親所說的話，也不見得有什麼惡意，真要把人家引到家裡來的話，大概也未嘗不可以。便道：「他也說來著，要見見我們家人呢。」常居士又道：「小南媽，妳聽見嗎？小南這些話，若都是真的，這個人就不見得怎樣壞。妳想，他要有什麼壞心眼，還敢上我們家來嗎？」余氏道：「這年頭兒，真是那句話，善財難捨，他老是肯這樣幫我們的忙，總是好人，他真願意來，我倒要瞧瞧是怎樣一個人？」

話說到這裡，總算把盤問小南的一陣狂風暴雨，完全揭了開去。小南膽子大了些，說話更是能圓轉自如，余氏問來問去，反正都不離開錢的一個問題，結果，已經知道小南用了人家三四塊錢了。這三四塊錢，在余氏眼裡看來，的確是一種很大的收穫，不過這姓洪的是怎樣一個人？假使自己家裡，老有這樣一個人還幫著，那可以相信不至於每天兩頓窩頭都發生問題。如此想來，不覺得姑娘有什麼不對。就是姑娘把臉洗乾淨了，把頭髮梳清楚了，似乎那也是為人應當做的事，不見有什麼形跡可疑了。在小南身上掏出來的那一塊現大洋，她原是在衣袋放著，放了許久，自己有些不放心，怕是由口袋漏出去了，她還是由袋裡掏了出來，看了一看，於是在炕頭上破木箱子裡，找出一隻厚底襪子來，將銀元放在裡面，然後將短襪子一卷，用一根麻繩再為捆上。她心裡可就想著，假使得了這樣一個人，老送給我們大洋錢，有一天這大洋錢就要裝滿襪筒子了，這豈不是一樁大喜事？手裡捏住了，不由得噗嗤一聲，笑將起來。

常居士在那邊聽到，就問她笑些什麼？余氏道：「你管我笑些什麼？反正我不笑你就是了。」說著，將那襪筒子向破箱子裡一扔，趕緊地把箱子蓋蓋上，再把一些市卷子紙卷子，破壇兒罐兒，一齊向上堆著。常居士在那邊用鼻子一哼道：「我也知道，妳是把那塊錢收起來了。妳收起那塊錢，打算妳一個人用，那可是不行。我吃了這多天的窩頭，妳就不能買幾斤白麵，讓大家吃一頓嗎？」余氏道：「你這真是瞎子見錢眼也開，剛聽到我有一塊錢放到箱子裡去，你就想吃白麵了。你有那個命，你還不瞎你那雙狗眼呢？你多念幾聲佛吧，好讓他渡你上西天去，若是要我養活你，你就委屈點吧。」常居士是常常受她這種侮辱的，假使自己要和她抵抗的話，她就會用那種手腕，做好了飯，不送來吃。這也只好由她去，萬一到了餓得難受的時候，不愁她不把那一塊錢拿出來買吃的，有了這個退一步的想法，這次讓余氏罵著，又不作聲了。小南見父母都不管了，這倒落得乾淨了臉子，找了街坊的姑娘去玩兒去。應該很擔心的一天，她依然保持了她那處女的貞操，平安地度過。

他們這樣的窮人家，晚上愛惜燈油，睡得很早。因為晚上睡得早，因之早晨也就起得早，當那金黃色的太陽，照著屋脊時，余氏已是提一大筐子破紙片，在院子裡清理。因為今天應該向造紙廠去出賣破紙，這破紙堆裡，有什麼好一些的東西，就應當留了下來。把一大筐子破紙，都理清出來了，小南還在炕上睡著，便走進裡屋來，雙手提了小南兩隻胳臂，將她拉了起來，口裡亂叫道：「丫頭，妳還不起來？什麼時候了？妳說的那個人，這時候他大概快來了，妳不到門口去等著他嗎？」小南將身子向下賴著，閉了眼睛道：「早著啦，天還沒亮，就把人家拉起來。」她掙脫了余氏的手，倒了下去，一個翻身向著裡邊，口裡道：「別鬧別鬧，讓我還睡一會兒。」余氏拉了她一隻腳，就向炕下拖道：「誰和妳鬧？妳將來會把吃兩頓飯的事都忘記了呢？妳不是說那個人今天早上，會從我們家門口過嗎?妳怎麼不到門口去等著他?」小南雖然是躺下的，可是快要把她拖下炕來，也明白，一個翻身坐起來，鼓了嘴道:「昨天妳那樣子打我罵我，好像我作賊似的。現在聽說人家能幫忙，給我們錢，瞧在錢上，妳就樂了，恨不得我一把就把那個財神爺抬了進來，妳們好靠人家發財。」余氏道:「妳瞧，這臭丫頭說話，倒議論起老娘的不是來?難道昨天沒有打妳，今天妳倒有些骨頭作癢?」說著，兩手又將她推了一推。余氏太用了一點勁，推得小南身上向著炕上一趴，嘴唇鼻子和炕碰了個正著。

小南被娘一推，倒真是清醒了，走到外面屋子，向天上看了看，見太陽斜照在牆上，便道:「我說是瞎忙嗎?還有兩個鐘頭，他才能來，我們這老早就去歡迎人家，到哪兒歡迎去?」余氏道:「我們家沒有鐘，你準知道那鐘點嗎?」小南道:「天天都是太陽到窗戶那兒他才會來的，我怎麼不知道?」余氏道:「這樣子說，敢情妳天天在大門口等著他，這樣說起來，不是他找妳，倒是妳找他。」小南覺得自己說話漏了縫，把臉漲得緋紅。余氏倒不怪她，卻道:「既是妳認識他，那就更好辦，妳可以把話實說了，請他到我們家來坐坐。我這是好意，說我愛錢就算我愛錢吧。」說了這話，拉了小南的手，就向大門外拖。窮的小戶人家，無所謂洗臉漱口，小南讓母親硬拖著到了大門外，也只得在大門外站著，手在地上拾了一塊白灰，在人家的黑粉牆塗著許多圈圈。自己站在牆根下，畫了幾個圈圈，又跳上幾跳，由東畫到西，幾乎把一方人家的牆都畫遍了。這也不知經過了多少時候，忽然聽到身後有一個人道：「這麼大姑娘，還這樣到處亂塗。」

小南這時的心思，在想著洪士毅，雖是手在牆上塗抹著，然而她的心裡，覺得此人該來了，今天他來了，我說我母親歡迎他，他豈不要大大歡喜一陣？所以心裡在姓洪的身上，旁的感覺，她都以為在姓洪的身上。這是忽聽得有人說了一句這大姑娘，還這樣亂塗，這多少有些玩笑的意味在內，旁人是不會如此說話，因之依然在牆上塗著字，口裡道：「你管得著嗎？我愛怎麼樣子塗，就怎麼樣子塗。」那人道：「這是我的牆，我為什麼管不著？我不但管得著，我也許要妳擦了去呢。」這一套話，在小南聽著，不應該是士毅說的了，而且話音也不對，回過頭一看，這倒不由大吃一驚。原來這人穿了米色的薄呢西服，胸面前飄出葡萄點子的花綢領帶來。雪白的瓜子臉，並沒有戴帽子，頭髮梳得光而又亮。這個人自己認得他，乃是前面那條衚衕的柳三爺。他會彈外國琴，又會唱外國歌。這是他家的後牆，由他後牆的窗戶裡，常放出叮咚叮咚的聲音來。有時好像有女孩子在他家裡唱曲，唱得怪好聽的。今天他是穿得特別的漂亮，一看之後，倒不免一愣。小南一愣，還不算什麼，那個柳三爺，看到她今天的相貌，也不免大吃一驚，向後退了一步，注視著她道：「喝！妳不是撿煤核的常小南子嗎？」小南道：「是我呀，怎麼著？你找我家去吧。」柳三爺兩眼注視著她，由她臉上，注視到她的手臂上，由她的手臂上，又注視著她的大腿，不覺連連搖著頭道：「奇怪！真是奇怪！」小南向他瞪了眼道：「什麼奇怪？在你牆上畫了幾個圈圈，給你擦掉去也就得了。」柳三爺眉飛色舞的，只管笑起來，他似乎得著一個意外的發現，依然連說奇怪奇怪！在他這奇怪聲中，給小南開了一條生命之路，她將來會知道世界上什麼是悲哀與煩惱了。

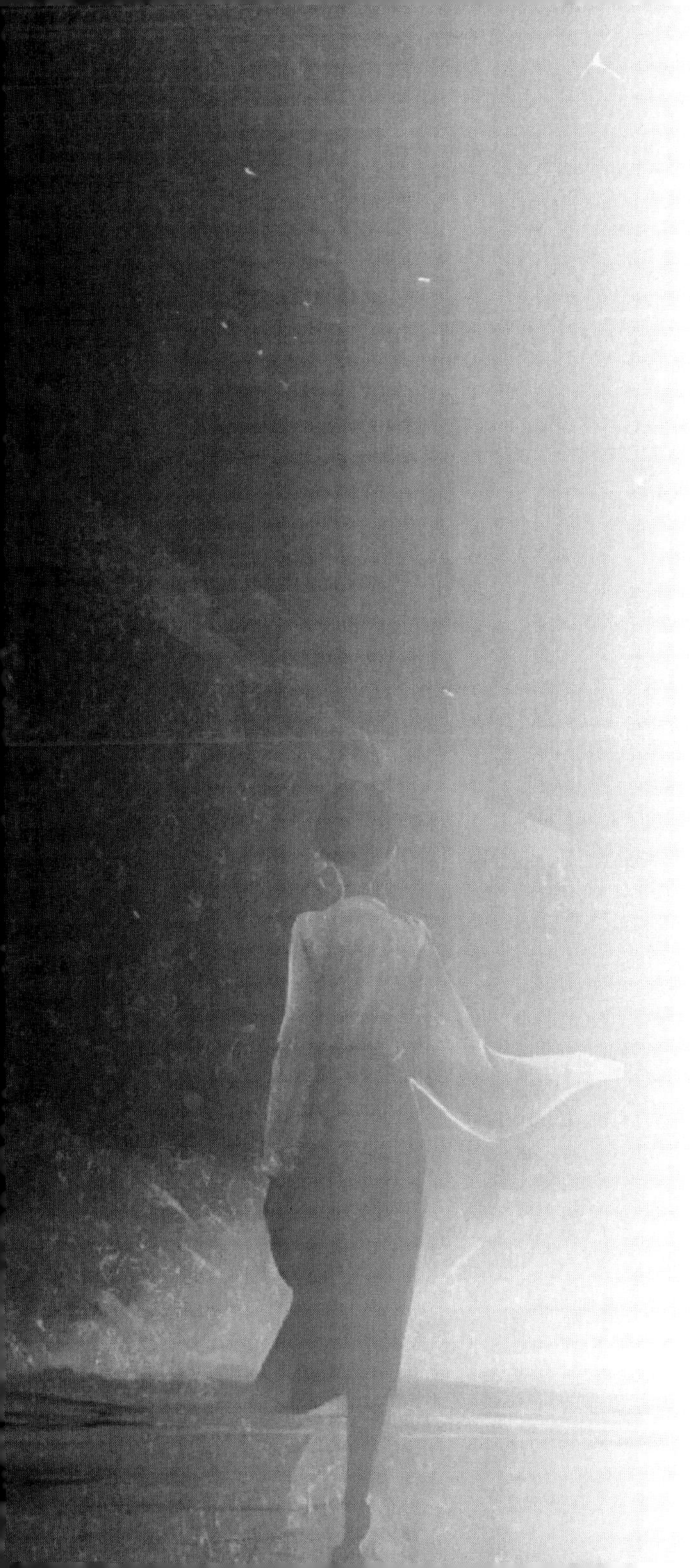

覥面增疑酸寒玷善相　果腹成病危困見交情

小南子正在等洪士毅的時候，不料來了這樣一個柳三爺，他別的表示沒有，倒一連說了幾聲奇怪，把她也愣住了，退後一步，對著他道：「什麼事奇怪？我身上有什麼東西嗎？」柳三爺道：「妳身上並沒有帶著什麼東西？只是妳這人像變西洋戲法兒似的，有點會變，不是我仔細看妳，不是聽妳說出話來，我都不認得妳了。」小南子點點頭道：「對了，我昨天洗過了臉，臉上沒有煤灰了，這就算是奇怪嗎？」柳三爺且不答覆她的話，只管向她周身上下打量，打量了許久，就微笑道：「這個樣子，妳是不打算撿煤核兒的了？」小南雖然覺得這個人說話有些囉嗦，然而看人家漂漂亮亮的，斯斯文文的，不好意思向人家板著面孔，只得淡淡地答道：「為什麼不撿煤核？難道我們發了財嗎？」柳三爺道：「並不是說妳發了財，妳既是怕髒，也許就不願意撿煤核了。我是隨便猜著的，妳別生氣。」說時，嘻嘻地向她笑了，又道：「假使妳不撿煤核，好好兒的一個姑娘，哪能夠就沒有事做？」

小南不知他的命意何在？正待向下追問他一句的時候，她母親余氏走出來了。她看見小南和一位穿西服的青年先生在說話，她卻不認識這是街坊柳三爺，以為這就是天天向小南施捨銅子的洪先生，便笑著迎上前，和他深深地點了一個頭道：「你剛來，你好哇？我們家裡去坐坐吧。」柳三爺聽了她的話，也是莫名其妙，只有小南懂了她的用意，乃是接錯了財神了，便笑道：「喝！妳弄錯了，這是我們街坊柳先生。」說著，用嘴向黑粉牆上一努，便道：「這就是他家裡。」余氏有了這樣一個錯處，很有點難為情，就笑道：「真該打，家門口街坊，會不認識。我不像我們姑娘，本衚衕前後左右，我是不大去的，所以街坊，我都短見。」柳三爺估量著，她也是認錯了人，便笑道：「沒關係，借了這個機會，大家認識認識，也是好的。」

他如此說著，再看看余氏的身上，一件藍布裌襖，和身體並不相貼，猶如在上半截罩了個大軟罩子一般。衣襟上不但是斑斑點點，弄了許多髒，而且打著補丁的所在，大半又脫了線縫，身上拖一片，掛一片，實在不成個樣子。頭上的頭髮，亂得像焦草一樣，上面還灑了許多灰塵，也不知道她腦後梳髻沒有？只覺那一團焦草，在頭上蓬起來一寸多高，兩邊臉上，都披下兩綹頭髮，披到嘴邊，鼻子眼裡，兩行青水鼻涕，沾著嘴角上的口水，流成一片。額角前面的覆髮，將眼睛遮住了大半邊，那副形相，實在是難看。一個藝術家，往往是很注重美感的，她那個樣子，實在是令人站在了美感的反面，因之向她點了個頭，就逕自走開了。

余氏望了柳三爺，直等看不見他的後影了，才向小南道：「妳瞧這個人有點邪門，先是和妳很客氣的樣子，可是一看到了我，他就搭下了臉子來，倒好像和我生氣似的。」小南道：「他為什麼和妳生氣？不過是有錢的人，瞧不起沒錢的人罷了。」余氏道：「妳也不是有錢的人，為什麼他和妳就那麼客氣呢？」小南子對於這個問題，沒有什麼法子答覆。只得微笑著道：「那我哪兒知道哇？」說畢，掉轉身去，在地上撿了一塊白石灰片，又去黑粉牆上塗著字了。余氏站在這裡，也不知道再說什麼話好？本當告訴她讓她不要使出小孩的樣子來，然而現在正要利用著她，可又不能得罪她，只管靠了門站著，呆望著自己的姑娘。

小南在黑牆上繼續地畫著，偶然一回頭，看到柳三爺又把兩隻手插在西服褲子袋裡，一步一停地又走了過來。小南以為他是捉自己畫牆來了，嚇得連忙向旁邊一閃，笑道：「妳別那個樣子，回頭我在家裡找一把大苕帚給妳在牆上擦一擦，也就完了。」柳三爺笑道：「妳愛怎樣畫就怎樣畫，我也不捉妳了。不過妳只能畫今天一回，明天我把牆全部粉刷乾淨了，妳可不能再畫。」小南道：「要是像這樣好說話，我就不畫，我們做個好街坊。」她是一句無心的話，不料柳三爺聽了這話，倒引為是個絕好的機會，就笑著向她道：「可不是？我們應該做個好街坊，我家裡有彈的，有唱的，妳若不怕生，可以到我們那兒去玩玩。」余氏在一邊，看到自己姑娘，和這樣一個漂亮人在一處說話，這當然可認為是一件很榮幸的事，便眉飛色舞地迎上前去，大有和人家搭話之意。柳三爺一看，這不是自己所能堪的事，身子一縮，又轉過背去走了。余氏將嘴一撇道：「你這小子不開眼，你和我姑娘說話，不和我說話，你不知道我是她的娘嗎？沒有我哪裡會有她呢？」小南道：「人家是有面子的人，妳怎麼開口就說人家小子？」余氏笑道：「他反正不是姑娘，說他小子，有什麼要緊？」小南道：「要是照妳這樣子說話，想眾人幫忙，那真是和尚看嫁妝，盼哪輩子。」

她正如此說著，有個行路的人，由一條橫衚衕裡穿出來，聽了這話，似乎吃了一驚的樣子，身子忙向後一縮。小南眼快，已經看清楚了那人是洪士毅，立刻跑著迎上前去竄到那條衚衕裡，向前招著手叫道：「洪先生，洪先生，我們家就在這裡，你往哪兒走哇？」士毅在衚衕拐角處，先聽到余氏罵人，還不以為意，後來看到小南攔著余氏，不許罵人，料定余氏就是她的母親。第二個感想繼續地來，以為這不要就是罵我吧？因之他不但不敢向前走過去，而且很想退回原路，由別個地方向慈善會去。這時小南跑過來相叫，只得站住了腳，點著頭道：「府上就住在這裡嗎？」小南道：「拐過彎去，就是我家，我父親母親全知道了，要請你到我家去談談。」士毅道：「和妳站在一處的那個人……」小南點頭道：「對了，那就是我媽。」士毅心裡揣想著，她的父母，當然和她差不多，也是衣衫襤褸，身上很髒的，卻料不到余氏除了那個髒字而外，臉上還掛有一臉的凶相，這樣一個婦人，卻是不惹她也罷，便笑道：「我空著兩隻手，怎好到妳家去呢？」小南道：「那要什麼緊？你又不是一個婦道？你若是個婦道，就應該手上帶了紙包的東西到人家去。」如此說著，士毅不免有點躊躇，怕是不答應她的話，未免又失了個機會。

那余氏見姑娘迎上前去，早知有故，也跟了上來，聽見小南大聲叫著洪先生，當然這個人，就是施錢給小南的慈善大家了，這也就免不得搶上前來。可是當將洪士毅仔細看清楚之後，她就大大的失望。心裡想著，那樣賦性慷慨的人，一定是個長衫馬褂，綢衣服穿得水潑不上的人。現在看士毅穿件灰衣大褂，也只好有三四成新，頭上戴的草帽子，除了焦黃之外，而且還搽抹了許多黑灰。人看去年紀倒不大，雖是瘦一點，卻也是個有精神的樣子。但是余氏的心目中，只是有個活財神爺光臨，於今所接到的，並非活財神，乃是個毫無生氣的窮小子，原來一肚子計畫，打算借這個幫手發財，現在看起來，那竟是夢想。因之在看到士毅之後，突然地站立定了，不免向著他發呆。士毅見她兩綹頭髮披到嘴角來，不時用手摸了那散頭，將烏眼珠子望了人，只管團團轉著，不知道她是生氣？也不知道她是發呆？小南看到雙方都有驚奇的樣子，這事未免有點僵，就介紹著道：「洪先生，你過來，我給你引見引見，這是我母親，她還要請你到我們家坐坐去啦。」士毅聽了這話，就拱拱手道：「老伯母，妳何必那樣客氣呢？」余氏聽到他叫了一聲老伯母，這是生平所不輕易聽到的一種聲音，不由得心裡一陣歡喜，露著牙笑了起來，才開口道：「我們丫頭回來說，你老給她錢，這實在多謝得很，我們窮得簡直沒法兒說出那種樣子來，得你這些好處，我們怎樣報答你呢？」士毅雖是不大願意她那副樣子，然而已經有了小南介紹在先，當然不便在她當面輕慢了她的母親，只好拱拱手道：「妳說窮，我也不是有錢的人，幫一點小忙，那很算不了一回什麼事，妳何必掛齒？」他口裡如此說著，這時回憶余氏想見時候之一愣，那不用說，她正是看到自己衣服破舊，不像個有錢施捨的人，於今有說有笑，這是兩句恭維話，恭維得來的，很是不自然，便又作了兩個揖道：「這個時候，我還有點公事，不能抽開身來。下午我辦完了公，一定來拜訪老伯和伯母。而且這個時候，空了兩隻手，實在也不便去。」余氏先聽說他不去，心裡覺得這人也是個不識抬舉的。後來他談到下午再來，這時空手不便，分明是回頭他要帶東西來，樂得受他一筆見面禮，何必這時強留他？就向他笑道：「你真有公事，我們也不敢打攪，你就請便，可是你不許撒謊，下午一定得來，別讓我們老盼望著。」士毅點著頭道：「我絕不能撒謊，還要向老伯請教呢。」說著，供了拱手，竟自掉轉身走了。

余氏站著望他走遠了，才向小南搖著頭道：「這話要不是妳說的，我簡直有點不相信，這樣的一個人，他倒有錢施捨。」小南道：「一個人做好事不做好事，不在乎有錢沒有錢，妳不信，往後妳看他是不是一個慷慨的人？」余氏也不和她辯駁，三腳兩步就跑了回去，在院子裡就伸著兩手，大開大合的，鼓了巴掌道：「這是哪裡說起？這麼樣一個人，會肯做好事，有做好事的錢，自己不會買一件漂亮些的衣服穿嗎？」常居士坐在鋪上道：「妳總是胡說，讓人家街坊聽到，說是我們不開眼。」余氏道：「什麼不開眼？這年頭兒，錢是人的膽，衣是人的毛，沒錢有衣服，還可以唬人一陣，有錢沒衣服，那人就透著小氣。」常居士昂了頭，將那雙不見光亮的眼珠翻了一陣，罵道：「憑妳這幾句話，就是要飯的命，一個人有了錢，就該胡吃胡穿的嗎？有錢不花，拿出來做好事，那才是菩薩心腸呢。」余氏聽了這話，由院子裡向屋子裡，打得屋門撲通亂響。常居士一聽，知道來勢不善，不敢再撩撥她了，便向她連連搖著手道：「別鬧別鬧，犯不上為了別人的豆子，炒炸了自己的鍋，妳說有錢該穿衣服，就算妳有理得了。」余氏道：「這不結了？瞧你這塊賤骨頭。」常居士心裡這倒有些後悔。早知道那個姓洪的，不是怎樣一個有錢的人，就不該讓他到家裡來，回頭人家來了，當面訕笑人家一陣，那多難為情？

可是他如此想著，事實有大不然的，到了下午四點多鐘的時候，大門撲撲的兩聲響，接著有人問道：「勞駕，這裡是姓常的家嗎？」只這一句，卻聽到余氏先答應了一聲：「找誰？」她就迎出去了。

這個來敲門的，正是洪士毅來了，他兩手都哆哩哆嗦地提了好些個紙包，余氏一見，沒口子地答應道：「是這裡，是這裡，洪先生你請進來坐吧，我們這裡，可是髒得很啦。你來了就來了吧，幹嘛還帶上這些個東西呀？這真是不敢當了。」洪士毅笑道：「我也不敢帶那些浮華東西，都是用得上的。」他如此說著，已經走進屋子，不覺得身子轉了兩轉，覺得手上這些紙包，不知道應該放在什麼地方的好？余氏再也不能客氣，兩手接了包的東西，就向裡面屋子裡送。其間有個大蒲包，破了一個窟窿，現出裡面是碗口大一個的吊爐燒餅。這些個發麵的燒餅，就可以快快活活地吃兩天，這也要算是宗意外之財了。常居士雖是雙目不明，但是其餘的官感，是很靈敏的，他已經知道有人到了屋子裡，而且一陣紙包蒲包搓挪之聲，彷彿是有東西送來，已經拿進裡面屋子去了。便拱拱手道：「多謝多謝，兄弟是個殘疾，恕我不恭。」士毅站在破爐爛桌子當中，轉著身子，卻不知道向哪裡去安頓好？只是呆站著。還是小南看到人家為難的情形，由院子裡搬了個破方凳進來，擱在他身邊。常居士聽了那一下響，又拱拱手道：「請坐請坐！

我們這裡，實在擠窄得很，真是對不祝小南，你去買盒菸卷來，帶了茶壺去，到小茶館裡，帶一壺水回來。」士毅連忙止住道：「不用，不用，我以後不免常常來討教，若是這樣客氣，以後我就不敢來了。」余氏將東西拿到裡面屋子去以後，急急忙忙，就把那些包裹開啟，看看裡面是些什麼東西？一看之後，乃是熟的燒餅，生的麵粉，此外還有燒肉醬菜之類，心裡這就想著，我們家今天要過年了。她聽到外面屋子有沏茶買菸卷之聲，便覺多事。後來士毅推說，這就覺得很對，跑了出來道：「我們器具麼東西都是髒的，人家那敢進口？我們就別虛讓了。」常居士摸索著，兩腿伸下地來，便有讓坐之意。余氏靠了裡邊屋子的門站住，向裡屋子看看，然後又向人放出勉強的笑容來。

小南一會兒跑到院子外，一會兒又跑到院子裡，你只看他全家三口人，都鬧成了那手足無所措的樣子，不但是她家不安，就是作客的人，看到了這種樣子，也是安貼不起來，自己突然地到一個生朋友家來，本來也就窮於辭令，人家家裡，再要鬧得雞犬不寧，自己也就實在無話可說。因站起來向常居士拱拱手道：「老先生，今天我暫時告退，過兩天我再來請教。我聽令嬡說，老先生的佛學很好，我是極相信這種學問的，難得有了這樣老前輩，我是非常之願意領教的。」常居士聽了，笑得滿臉都打起皺紋來，拱手道：「老賢弟，我家境是這樣不好，雙目又失明了，若不是一點佛學安慰了我，我這人還活得了嗎?這種心事，簡直找不著人來談，老賢弟若是不嫌棄肯來研究研究，那比送我什麼東西也受用。請你哪一天上午來，我家裡人都出去了，可以細心地研究研究。要不然，這衚衕口上的德盛茶館，無聊得很的時候我也去坐坐的，哪天我沏壺清茶恭候。」士毅自想身世，很是可憐，再看這老頭子，更是可憐，便答應了他，星期日準來奉看，於是向余氏深深地鞠著躬，出門而去。

小南將他送到大門外，笑道：「你瞧我父親是個好人吧?」士毅道：「剛才我有兩句話，想和妳父親說，可是初見面，我又不便說。」小南紅了臉道：「你可別瞎說。」士毅道：「妳猜我說什麼話?是妳想不到的事情，也是我想不到的事情。剛才我在會裡聽到個訊息，他們辦的慈善工廠，要收一班女生，這裡分著打毛繩，做衣服，扎絹花，許多細工。只要是有會裡人介紹進去，可以不要鋪保，妳若願意進去學的話，每天可以吃他兩餐飯，而且還可穿會裡制服。早去晚歸，算是會裡養活妳了。妳願幹不願幹呢?」小南道：「有工錢沒工錢呢?」士毅想了一想道：「初去的人，大概是沒有工錢的。不過妳要添補鞋襪的話，錢依然是我的，妳看好不好?」小南道：「若是你能把我媽也找了去，就剩我爹一個，那就好養活，一定可以去。」士毅道：「我一定設法子去進行，我看妳家也太可憐了，不能不想法子的。」小南笑道：「你有那樣好的心眼，那還說什麼?我媽一定喜歡你的，我就等你的回信了。」士毅聽了她這話，自然高高興興而去。

小南走回家來，只見余氏左手拿了個火燒餅，右手兩個指頭，夾了一根醬蘿蔔，靠了門在那裡左右相互的，各咬一口。直至把燒餅醬菜吃完了，她還將兩個指頭送到嘴裡去吮了幾下。小南笑道：「我媽也不知道餓過多少年，露出這一副饞像來？」余氏將手一揚道：「我大耳巴子搧妳，妳敢說老娘？不饞怎麼著？從前要吃沒得吃，於今有了吃的，該望著不吃嗎？」小南道：「妳也做出一點乾淨樣子來。」余氏不等她說完，就呸了她一聲道：「妳媽的活見鬼。妳才洗乾淨了一天的臉，妳就嫌我髒了。」小南道：「不是那樣說，那洪先生剛才對我說，願意給妳找一件事。」余氏道：「真的，他有這樣好心眼。」她口裡說著這樣要緊的問題，然而她忘不了那燒餅和醬菜。這時她又到屋子裡去，拿出兩個燒餅，幾根醬菜來。她老遠地遞一個燒餅給小南道：「妳不吃一個？」小南道：「幹嘛白口吃了它？不留著當飯嗎？」常居士在鋪上搭腔了，便道：「妳也太難一點，還不如妳閨女，我聽到拿了好幾回了。」余氏腳下，正有一個破洋鐵筒。她掀起一隻腳，猶如足球虎將踢足球，嘭的一聲，把那個洋鐵筒踢到院子裡，由大門直鑽到衚衕裡去。口裡可就說道：「我愛吃，我偏要吃，妳管得著嗎？丫頭，妳說，那個姓洪的小子，要給我找什麼事？」說著，把左手所拿到的醬菜，將兩個燒餅夾著，就送到嘴裡，咬了個大缺口，嘴裡雖是咀嚼著，還咕噥著道：「若是讓我當老媽子，我可不幹。」小南道：「人家也是有身分的人，並不是開來人兒店的，為什麼介紹妳去當老媽？」余氏又咬了一口燒餅道：「只要少做事，多賺錢，當老媽我也幹。還有一層，我得帶了妳去。讓我丟下這樣一個大姑娘不管，我可不放心。」常居士道：「妳瞧她說話，一口沙糖一口屎……」余氏喝道：「你少說話！我娘兒倆說話，這又有你的什麼事？你說了我好幾回了，你別讓我發了脾氣，那可不是好惹的。」常居士聽了這話，就不敢作聲了。小南道：「妳問了我幾遍，不等我答話，妳又和爸爸去胡搗亂，妳究竟要聽不要聽？」她說話時，看到母親吃燒餅吃得很香，也不覺得伸了手。余氏道：「妳真是個賤骨頭，給妳吃，妳不吃，不給妳吃，妳又討著要吃了，妳自己去拿吧。」小南走到屋子裡，只見滿炕散了紙包，似乎所有可吃的東西，都讓母親嘗遍了。那個蒲包，是裝著發麵燒餅的，這時一看，那樣一大包，只剩有四個和一些碎芝麻了。小南不覺失驚道：「好的，全吃完了。媽！妳吃了多少個？」余氏道：「是我一個人吃的嗎？我分給你爸爸五個了，他一定收起來了。」小南道：「要吃大家吃。」於是將三個燒餅揣在衣袋裡，手上揑著一個，一路吃了出來。余氏見她的衣袋，鼓了起來，便瞪了眼道：「妳全拿來了吧？」說著，拖了小南的衣襟，正待伸手來搜她的燒餅，常居士道：「不過幾個燒餅，值得那樣鬧？小南說人家替妳找事的話，妳倒還沒有問出來。」小南坐在門外的石階上，吃著燒餅，就把士毅的話說了。常居士道：「那極好了，慈善會裡辦的事，沒有錯的，妳們都去。妳們兩個人有了飯碗，我一個人就不必怎樣發愁了。」小南道：「他說了，明天來回我們的信，大概事情有個八成兒行。」說時，吃完了手上那個燒餅，又到袋裡去拿出一個燒餅來，繼續吃著。

余氏也有個八成飽了，就不再奪她的，只是醬菜吃得多了，口裡非常之渴。他們家裡，除了冬天偎爐子取暖，爐子邊放下一壺水而外，由春末以至深秋，差不多都不泡茶喝。這時口渴起來，非找水喝不可，就拿了一隻粗碗，到冷水缸裡，舀上一碗水來，站在缸邊，就是咕嘟一聲。無奈口裡也是鹹過了分了，這一碗涼水下去，竟是不大生效力，好在涼水這樣東西，缸裡是很富足的，一手扶了缸沿，一手伸碗下去舀水，又接連喝了兩碗。水缸就放在外面屋子裡的，當她一碗一碗的水，舀起來向下喝的時候，常居士聽得清清楚楚，便攔著她道：「這個日子，天氣還是很涼的，妳幹麼拚命地喝涼水？可仔細鬧起病來。」余氏道：「我喝我的水，與你什麼相干？」說著話，又舀起一碗來喝下去，小南笑道：「我也渴了，讓我也喝一碗吧。」余氏舀了一碗涼水，順手就遞給了小南，笑道：「喝吧，肚子裡燒得難過，非讓涼水潑上一潑不可！」小南接過那碗涼水碗正待向下喝，常居士坐在床鋪上，發了急了，咬了牙道：「小南，妳不要喝，妳鬧肚子，我可不給你治病！」小南用嘴呷了一口涼水，覺得實在有點浸牙，便將那碗水向地上一潑。將碗送到屋子裡桌上放下，靠了門，向余氏微笑著。余氏道：「妳笑什麼？」小南道：「我笑妳吃飽了喝足了，可別鬧肚子呀！」余氏待要答應她一句什麼話，只聽到肚子裡嘰咕一聲響，兩手按了肚皮，人向地上一蹲，笑道：「糟了，說鬧肚子可別真鬧了！我活動活動去，出一點兒汗，肚子就沒事了。」說畢，她就走出門去。小南倒是心中有些愉快，就走進屋子去，把那些大大小小的紙包，收收撿撿，有點疲倦了，就摸到炕上去躺著。躺了不大一會兒，只聽到余氏在院子裡就嚷起來道：「了不得，了不得，真鬧肚子。」說著話時，她已經嚷著到屋角的廁所裡去了。一會兒她走進屋子來，就一屁股坐在炕上，兩手捧了肚皮上的衣服，皺了眉，帶著苦笑道：「人窮罷了，吃頓發麵燒餅的福氣都沒有，妳看真鬧起肚子來了，這可……」說了這句話，又向外跑。自這時起，她就這樣不住地向廁所裡來去，由下午到晚上，差不多跑了一二十趟，到了最後，她跑也跑不動了，就讓小南搬了院子裡一個破痰盂進來，自己就坐在痰盂上，兩手扶了炕沿，半坐半睡。由初晚又鬧到半夜，實在精疲力盡，就是伏在炕沿上，也支持不住自己的身子，只好和著衣服，就在炕上躺下。到了最後，雖是明知道忍耐不住，也下能下炕。常居士是個失明的人，自己也照應不了自己。小南年歲又輕，那裡能夠伺候病人？只鬧到深夜，便是余氏一個人，去深嘗那涼水在肚腸裡面惡作劇的滋味。

到了次日早上，余氏睡在炕上，連翻身的勁兒都沒有了。小南醒過來，倒嚇了一跳，她那張扁如南瓜的腮幫子，已經瘦得成了尖下巴頦，兩個眼睛眶子，落下去兩個坑，把那兩個顴骨，更顯得高突起來。那眼珠白的所在，成了灰色，黑的所在，又成了白色，簡直一點光也沒有。小南哎呀了一聲道：「媽！妳怎麼這個樣子啊？」余氏哼著道：「我要死了，妳給我……找個大……夫，哼！」小南看了這樣子，說不出話來，哇的一聲哭了。常居士在隔壁屋子裡，只知道余氏腹瀉不止，可不知道她鬧得有多麼沉重？這時聽了她娘兒的聲音，才覺得有些不妙，便摸索著走下床來，問道：「怎麼了？怎麼了？我是個殘疾，可吃不住什麼變故呀！」他扶著壁子走進屋來，先聞到一股刺鼻的臭味，雖是他習於和不良好的空氣能加抵抗的，到了這時，也不由得將身子向後一縮。常居士道：「我們家哪有錢請大夫呢？這不是要命嗎？」小南道：「我倒想起了一個法子，那位洪先生，他不是每天早上要由這裡上慈善會去嗎？我在衚衕口上等著，還是請他想點法子吧。」常居士道：「妳這一說，我倒記起一件事來了。他們和任何什麼慈善機關，都是相通的。妳媽病到這個樣子，非上醫院不可的！請那洪先生在會裡設個法子，把她送到醫院裡去吧。事不宜遲，妳快些到衚衕口上去等著，寧可早一點，多等人家一會，別讓人家過去了，錯過了這個機會。」

小南看到母親那種情形，本也有些驚慌，聽了父親的話，匆匆忙忙，就跑向衚衕口去等著。果然，不到半小時的時候，士毅就由那條路上走了過來。他遠遠地放下笑容，便想報告他所得的好訊息。小南跑著迎上前去，扯了他的衣襟道：「求你救救我媽吧，她要死了。」士毅聽了這話，自不免嚇了一跳，望著她道：「妳說怎麼著？」小南道：「我媽昨天吃飽了東西，喝多了涼水，鬧了一天一宿的肚子，現在快要死了。」士毅聽了這話，心想，這豈不是我送東西給人吃，把人害了？於是跟著小南，就跑到常家去。常居士正靠了屋子門，在那裡發呆，聽到一陣腳步雜沓聲，知道是小南把人找來了，便拱拱手道：「洪先生，又要麻煩你了，我內人她沒有福氣，吃了一餐飽飯，就病得要死了。」士毅答應著他的話，說是瞧瞧看。及至走到裡面屋子裡，卻見余氏躺在炕上，瘦成了個骷髏骨，嚇得向後一退，退到外面屋子來。常居士這時已是掉轉身來，深深地向士毅作了兩個揖。士毅忙道：「老先生，這不成問題，我們慈善會裡，有附屬醫院，找兩個人把老太太抬去就得了。」常居士道：「嗐！我看不見走路，怎麼找人去？我那女孩子，又不懂事，讓她去找誰？」士毅站在他們院子裡呆了一呆，便道：「請你等一等，我有法子。」說畢，他就出門去了。也不過二十分鐘的工夫，他帶了兩個壯人帶了槓子鋪板繩索，一同進來，對常居士道：「老先生，你放心，事情都交給我了。我既遇到了這事，當然不能置之不顧，剛才我已經向會裡幹事，打過了電話，說是我一個姑母，病得很重，請了半天假，可以讓我親自送到醫院裡去的。現在請了兩個人，把你們老太太抬到醫院裡去。」常居士道：「哎呀！我真不知道要怎樣謝謝你了？」他們說著話時，那兩個壯人，已經把鋪板繩索，在院子裡放好，將余氏抬了出來，放在鋪板上。常居士閃在屋門的一邊，聽到抬人的腳步履亂聲，聽到繩索拴套聲，聽到余氏的呻吟聲，微昂了頭，在他失明的兩隻眼睛裡掉下兩行眼淚來，小南站在常居士的身邊，只是發呆。士毅看到人家這種情況，也不覺淒然，便道：「老先生，你放心，事情都交給我了。好在這又用不著花什麼錢。」常居士道：「不能那樣說呀！我們這種窮人，誰肯向這門裡看一眼呀？阿彌陀佛，你一定有善報。」士毅道：「人生在世上，要朋友做什麼，不就為的是患難相助，疾病相扶持嗎？」常居士手摸了小南的頭，輕輕拍了她兩下道：「孩子，你和洪先生磕……磕……磕個頭，恕我不能謝他了。」小南聽說，真個走向前來，對士毅跪了下去。士毅連忙用手扶起她道：「千萬不可這樣，姑娘，我們是平輩啊！」又道：「老先生，你這樣豈不是令我難受？」

他們說話時，余氏躺在鋪板上，睜眼望著，只見常居士的眼淚，如拋沙一般下來。於是抬起一隻手，向小南指指，又向常居士指指。士毅道：「對了，姑娘，妳在家陪著令尊，他心裡很難受，別讓他一人在家裡，那更傷心了。」余氏躺在板上，對他這話，似乎很表示同情，就微微點了頭。那兩個抬鋪板的人，也和他們難受，有個道：「走吧，病人很沉重，耽誤不得了。」於是將一根粗槓穿了掛套的繩索，將鋪板吊在下面，抬了起來。常家只有一床百孔千瘡的被單，已經髒了，不能拿出來，只拿了兩個麻布口袋，蓋在余氏身上而已。人抬出去了，士毅又安慰了常氏父女兩句，就跟著出去。常居士點點頭道：「好朋友，好朋友。」說著，望空連作兩個揖。可是小南不懂什麼是感激，卻哇的一聲哭了。

勉力經營奔忙猶自慰　積勞困頓辛苦為誰甜

過了兩個鐘頭之後，洪士毅手裡提了兩個紙包，匆匆忙忙地又跑到常家來。一進大門，就見小南坐在屋簷的臺階石上，兩手撐了頭，十分頹喪的樣子。她聽到門口有腳步聲，抬起頭來，看到士毅，就搶上前迎著他道：「我媽的病，怎麼樣？不要緊嗎？」常居士本也是直挺挺的，躺在屋子裡鋪板上，聽了小南問話，也是一個翻身坐了起來，昂著頭向外問道：「洪先生來了嗎？她……她沒有什麼危險嗎？」士毅頓了一頓道：「光是肚瀉，原不要緊的，但是據醫生檢查，大便裡面已經有痢症了。這個樣子，恐怕不是三天五天可以治好的。」小南聽說，又哭起來了。常居士等不及了，自己就摸索著走到外邊來，皺了眉道：「我心剛定一點，妳又要哭了。事到於今，只好聽天由命了。幸是遇到洪先生幫忙，才能夠把她抬到醫院裡去。要不然，還不是望著她躺在家裡等死嗎？」士毅道：「這樣說，倒是我的不好，沒有我送那些燒餅來，不會有這事。」常居士拱拱手道：「罪過罪過，要照這樣子說，柴米油鹽店，都可以關門，因為吃下去，保不定人要生病的，況且他的病，明明白白，是喝涼水而得。我雖是眼睛瞎了，心裡卻還明白，難道我們這樣的窮人，還不願意人家多多的幫助嗎？」士毅將帶來的兩包東西，悄悄地塞到常居士手上，笑道：「老先生，我想府上少了個當家的人，一定沒人做飯，我送你們一些現成的東西吃吧。」常居士手上捧了兩個紙包，捏了幾捏，彷彿是麵包之類，就拱了拱手道：「我真說不上要怎樣報答你的了？」士毅道：「老先生，這些話，都不必說，你是知道的。今天下午，我是要到會裡辦公去的，不能抽身，醫院下午還可以去看一趟的，你爺兒倆隨便那個人去一個吧。你要知道，一個人到了醫院裡，是非常之盼望親人去看的。」說時，用手伸著拍了拍常居士的手，表示一種深懇的安慰，然後向小南點了個頭道：「再會了。」他緩緩地走出大門，小南卻在後面跟了出來。

士毅不曾知道身後有人相送，只管向前走著。小南直把他送到衚衕口，禁不住了，才說道：「你明天來呀！」士毅猛然回轉身來，見她眼圈兒紅紅的，呆了一呆，便道：「小南，我很覺以往的事，對妳不住，妳父親是柔懦可憐的人，妳母親也是一無……也是一個本分可憐的人，妳父親要妳下跪，妳怎麼真跪下來？我的心都讓妳給跪碎了，以後不必這樣。妳知道，我不是有力量搭救人的人，以前都是為了妳，可是到了現在，我不搭救妳家人，我覺得良心上過不去了，妳放心吧。」小南道：「你以前並沒有什麼事得罪我呀？」士毅道：「有的，妳是不知道。但是過去的事，也就不必提了。」小南不知道他真正的命意所在，只得含糊點著頭，自走回去了。

士毅一人向會裡走，便默想著與常家人經過的事情，覺得小南這孩子，猶是一片天真，只是沒有受過教育，又得了撿煤核夥伴的薰陶，她除了要錢去買吃喝而外，不知其他，可是當她母親病了，她天良發現了，也和其他受了教育的姑娘一樣呀！那余氏躺在鋪板上一副瘦骨，那常居士兩隻瞎眼裡流出來的眼淚，回想起來，都是極慘的事情，令人不能不幫忙，但是自己的原意，絕對不如此呀！一個月的薪水，預先支來了，原想在極枯燥、極窮困的環境中，得些異性的安慰，現在所得到的，卻是悽慘。那十塊錢經這兩天的浪費，差不多都花光了，這一個月的衣食住問題，卻又到何處找款子來填補？自己實在是錯誤了，很不容易地得了這慈善會一種職務，安安分分地過去好了，何必又要想什麼異性的調劑？可是，自己是二十八歲的人了，青春幾乎是要完全過去，人生所謂愛情，所謂家庭，都在窮困裡面消磨過去了。自己這還不該想法子補一點青春之樂嗎？再想到小南子那蘋果一樣的兩頰，肥藕似的手臂，堆雲似的烏髮，處處可以令人愛慕，假如有這樣一個嬌小的愛妻，人生的痛苦，就可以減少了一半。求愛的人，都不是像我這一樣的去追逐嗎？我這不算什麼欺騙，也沒有對她父母不起。我和她父親交朋友是一件事，和她去求愛，那又是一件事。想到這裡，把愛惜那十塊錢的意思，完全都拋棄了。不但是拋棄了，而且覺得自己還可以想法子去奮鬥，找些錢來，打進這愛情之門去。愛情是非金錢不可的，這不一定對於小南是適用這種手腕的。他一想之後，把意思決定了，到了會裡辦公室裡，辦起事來，並不頹喪，更覺得是精神奮發。

他在慈善會裡，所做的是抄寫檔案的職務，他的能耐，最容易表現著給人看到。這天下午他把所抄寫的檔案，送到幹事先生那裡去，他接著一看，翻了一翻道：「你今天上午，不是請了假的嗎？」士毅道：「是的，我請了幾點鐘假的，但是我不願為了私事誤了公事。假使我下次有不得已還要請假的時候，我也好開口一點。」幹事道：「你這字寫得很乾淨，說話倒也老實，我薦舉你一件小事，獎勵獎勵你吧。現在會裡借了一部道藏書來，有好幾百本，正分著找人去寫，可以讓你也抄寫一份，每千字報酬你一角錢，筆墨紙張，都是會裡的。假使你每日能抄寫三四千字，每月可以多收十來塊錢，對你不是很有補救的事嗎？而且這種報酬，為了體諒寒士起見，可以每日交稿，每日拿錢，你能不能再賣一些苦力呢？」士毅聽了這話，猶如挖到了一所金窖，大喜欲狂。於是連連向那幹事作了幾個揖道：「果然有這樣的好事，你先生就栽培我大了。哪天開始呢？」那幹事道：「你哪天開始都可以，我現在就拿一份抄本紙筆給你，假如你明天有稿子交回來，你明天就可以領錢了。」他說著，果然將東西拿來，一齊交給他。士毅正在為難，怕是斷了經濟的接濟，做夢想不到，就是今天有了一筆新收入，可以列入預算。

他捧了那些紙筆，走回會館去，飯也來不及吃，茶也來不及喝，立刻就伏在桌上，開始抄寫起來。直到天色昏黑，窗子裡都看不見了，這才想起還不曾吃晚飯，一面拿錢叫長班買了些燒餅油條來吃，一面點著油燈繼續地向下寫。每寫到了一千字，心裡想著，這又可以得一角錢，便覺得興奮起來，自己也不知道寫到什麼時候，只數一數那可謄寫三百二十個字一張的稿紙，竟有十幾張之多，大概為時不少了。白天在慈善會裡，本就加工趕造，鬧了一下午，回家之後，又是這樣繼續地抄寫，這雖不必用什麼腦力，然而謄經卷，抄檔案，都是要寫正楷的，卻又粗心不得，寫到這個時候，眼睛有些發脹，頭也有些昏暈，在一盞淡黃色的煤油燈光下，實在支持不住了。這才把這些紙筆稿件收拾起來，登床睡覺。心裡有事，老早的就醒了，下床之後，首先就把謄的道藏書看了一看，見質量那樣豐富，心中甚是高興，也等不及洗臉，先就坐到桌子邊來，寫了半頁字。寫了半頁之後，因為並不吃力，索性再寫半頁，這才開始向廚房裡舀水來漱洗。這會館裡的人，起床分作三班，第一班是用功的學生，第二班是有些事務的人，第三班才是不讀書的學生，和那些無職業的漢子。這個時候，連那第一班應當起床的學生，都不曾起來，實在早得很。於是漱洗之後，又謄寫起來。直等抬起頭來，看著窗戶上半截的日影，這是每日往慈善會去服務的時候了，於是收了筆墨，向慈善會來。

他在路上想著，每日到會之前，可以寫一千字，正午回來的時候，也可以寫幾百字，到了下午下工的時候，便可充量地發揮本能，竭力謄寫起來，大概能寫二千以上的字。那麼，每日總可以寫四千字到五千字，每月當可以增加十二元到十五元的收入，要接濟常家的用度，這也就不能算少了，一頭高興，立刻就先跑到常家去看看，他爺兒倆現時在幹什麼？不料到了那裡，卻是大門緊閉的，用手連拍了幾下，聽到小南的聲音；在門裡很嚴重地問道：「誰？幹什麼的？」士毅說了姓名，她才開啟門來，皺著眉道：「一早起來，我爹就到醫院裡去了。剩我一個人在家裡，怪害怕的。」士毅道：「那有什麼害怕？青天白日的，也沒有人到這種地方來行搶吧？」小南道：「我也不知道什麼緣故，家裡沒人，衚衕裡也沒人，一點聲音也沒有，我害怕極了。」士毅道：「這樣早，妳父親一個人到醫院裡去做什麼？」小南道：「你不知道他是一個殘疾嗎？他又捨不得花錢僱車，要自個兒問路問了去。」士毅道：「呀！雙目不明，叫他向哪裡去問路？」小南道：「我就是這樣害怕了，他那樣慢慢地問路，慢慢地走著，就是問到了那裡，也要半上午了。家裡總有些破破爛爛的東西，總得有人在家裡看家，我又不能跟了他去。我急著我媽，我又愁著我爹，我只得關起門來哭。」士毅走到院子裡，向她笑道：「妳真是個孩子，妳家有了這樣不幸的事情，妳應該自己把自己當個成人的姑娘，在家幫著妳父親，到醫院去安慰你母親。」小南道：「我也是這樣說呀！昨天去看我媽，我媽卻不會說話了。到了今天，我爹怎麼著也得去，說是和我媽見一面去，你想，我忍心攔住他嗎？」說時，用手揉擦著自己的眼睛，幾乎又要哭了出來。士毅道：「這真是不幸得很。我在工廠裡，也給妳媽找了一個事了，她把這個機會失掉，未免可惜！」小南道：「你給我媽找得了什麼事？」士毅道：「工廠裡有許多女工人，開飯的時候，和送茶水的時候，都少不了要人幫忙，我就給妳媽在廚房裡找了一個打雜……」小南連連搖著手道：「你快別說這話。我媽說了，要她去當老媽子伺候人，她可不幹，你想，他肯伺候工廠裡的女工人嗎？」士毅一番好意，不料卻碰了人家這樣一個大釘子，只得笑道：「妳現在很有向上的志氣了，以後不去撿煤核，不去偷人家的煤塊了嗎？」小南道：「你若幫著我有飯吃，有衣穿，我為什麼不做好人？可是我家這樣一來，真糟了糕了，我要在家裡照應我爹，不能出去了。我媽以前常討些粗活做，每天總也找個十枚二十枚的，買些雜合麵吃，現在我媽又病了，怎麼辦呢？」說著，又哭了起來。士毅安慰著她道：「你別哭。告訴妳吧，我現在找了一份意外的工作，每天給人家抄字，能抄幾毛錢，這個錢，除了我自己拿一點零用外，每天都給妳家。」小南道：「這樣說起來，你在那慈善會裡，敢情一個月賺不了多少呀？」士毅猶豫了一陣子，向她笑道：「妳看我這個樣子，能賺多少錢一個月呢？不過我對妳說句實心眼兒的話，我非常願意幫妳的忙，我雖賺錢不多，總比妳們的境遇好些。」小南道：「那麼，你一個月，能賺五塊六塊的嗎？」士毅道：「那倒不止，一月可以賺十一二塊錢，倘若每天能寫五毛錢字呢，一個月又能多賺十四五塊錢。」小南昂著頭沉算了一陣，點點頭道：「十二塊，又加十五塊，一個月能賺二十六七塊錢了，那不算少，我家一個月要有這麼多錢進門，有皇帝娘娘，我也不做了。」

士毅先聽到她嫌自己賺錢少，心裡十分的慚愧。現在她又認為二十六塊錢，是賽過富有天下的數目，心裡倒安慰了許多，便笑道：「妳的希望不過如此，那有什麼難處？不久的時候，妳有了事，妳母親也有了事，我又幫妳的忙，妳家不就有這些個收入嗎？」小南將他的話，細想了一想，覺得不錯，不禁又有些笑容了。士毅躊躇了一會子道：「怎麼辦呢？我到了辦公的時候了。我在這裡陪著妳是不行，我不陪妳，又怕妳一個人太寂寞。」小南道：「你還是去吧，你要是把事情丟了，我們指望的是誰呀？」這樣一句話，在旁人聽了，不能有什麼感覺，然而士毅聽到，便深感這裡面有一種很貼己的表示，就握住了小南一隻手，搖撼了一陣，笑道：「好！我為了妳這一句話，我要去奮鬥。妳不要害怕，把大門關上就是了。到了下午，我辦完了公，一定就來看妳。」小南攜著他的手，送到大門口。恰是巧不過，那個柳三爺帶了四五個如花似玉的姑娘，由這裡過去，把小南臊得臉上通紅，連忙向院子裡面一縮，把大門關閉了。

士毅現在彷彿添上了一重責任了，在慈善會裡辦公的時候，便會想到常家這三個可憐蟲怎麼得了？假使自己做了他家的姑爺，他們那個家庭，就是自己的了，自己有了這樣一個家庭，是悲呢？是喜呢？是苦惱呢？是快樂呢？自己一個人做起事來，卻不免老是沉沉地涉想，一想起來，當然做事情就不能專心了，他謄寫一張八行，連筆誤帶落字，竟錯了三處之多，自己寫完了校對一番，要塗改挖補，都有些不可能，只得重寫了。不料重寫一張之後，依然有兩處錯誤，這未免太心不在焉了。就想著，不可如此，非把心事鎮定了不可！於是就來寫第三張。當他寫第三張八行時，自己極端地矜持著，幾乎是每一個字的一橫一直，都用全副精神貫注在上面，八行是寫完了，然而精神用過度了，腦筋竟有些脹得痛。於是伏在桌上，要休息一會。當他正將頭枕在手胳臂上的時候，卻聽到總幹事在隔壁屋子裡咳嗽聲。他想，全科的人，都說自己是個勤敏的職員，怎麼可以在辦公室的桌子上睡起覺來？如此想著，立刻又振作精神坐了起來。好容易把上午的公事熬過去了。

一出了辦公室，心裡可就想著，小南一人在家裡，必定是二十四分的寂寞，於是匆匆地跑上大街，買了十幾個饅頭，又是醬肘子鹹鴨蛋，用兩條舊的乾淨毛巾包著，跑到常家來。遠遠地就看到小南靠了大門框站著，只管向衚衕口上望著。士毅老遠地將手巾包舉了起來，嚷道：「妳等久了吧？給妳帶吃的來了。」小南伸手接了東西，臉上有了一點笑容，便道：「你跟我們買的吃的，還有呢，就是我爹還不回來，我真有些著急。」士毅道：「這裡到醫院，路不算少。妳想呀！他一個雙目不明的人，慢慢地摸索著來去，當然不能立刻就回來。饅頭是熱的，妳先吃上一點，我也沒有吃午飯呢。」小南家外邊那個屋子，並無所謂桌椅，只是亂放了些破爛東西，士毅走進來看了看，簡直沒有可以坐著進食的地方，只得搬了個稍微整齊的方凳子，放到院子裡，把兩包吃物透開，由手巾鋪了方凳面，食物放在手巾上，和小南坐在臺階石上，就開始吃了起來。小南左手拿了個熱饅頭，右手兩個指頭，箝了幾塊醬肘子，咬一口饅頭，吃一塊醬肘子，非常之有味的樣子。士毅笑道：「妳覺吃得好嗎？」小南道：「怎麼不好呢？一個月我們也難得吃一回白麵，現時吃著饅頭，又吃著醬肘子，還有個不好吃的嗎？」士毅道：「既是妳說好呢，這些醬肘子，我就全讓給妳吃。」小南吃著吃著，這兩道眉峰，慢慢地又緊湊起來。士毅道：「妳又為什麼發愁？」小南道：「我倒在這裡吃得很好，也許我媽病更重了，也許我爹撞上人了。」士毅突然站起來道：「免得妳不放心，我替妳到醫院裡去跑一趟吧。」小南道：「那就勞駕了。不過你去了，還要回來給我一個信兒。」

士毅手上拿了一個饅頭，就走了出來。他這餐午飯，是一毛五饅頭，一毛錢醬肘子，五分錢的鹹鴨蛋，已經耗費不少了，無論如何，今天也不能再有什麼耗費，不但不敢坐人力車，連一截電車也不敢搭坐，只憑了兩隻腳，快快地跑到那慈善醫院去，到醫院一問，不錯，是有個瞎子來看病，但是在這醫院門口，讓人力車撞傷了腿，醫院裡給他敷了藥，替他僱車，讓他回去了。士毅聽說，這個可憐的瞎先生，真是禍不單行，也不知道他的傷勢如何？應當去看看才好。於是依然轉轉身來，再到常家來。

這回到了常家又是一番景象了，只在門口，便聽到一種呻吟之聲，大門是半掩著，一陣陣的黑煙，還帶著臭味，向門外奔騰。士毅推門進去，只見院子裡擺了爐子，爐口裡亂塞些零碎木片和紙殼子，而且爐口四周，支了三塊小石頭，上面頂著個瓦壺，這正是他們在燒水喝。小南站在階沿石上，不住地用手揉擦眼睛，似乎被煙熏了。士毅道：「怎麼樣？老先生撞得不厲害嗎？」常居士這就在屋子答言道：「哎呀！老弟，真是對不住，老遠的路，要你跑來跑去。我沒有什麼傷，就是大腿上擦掉一塊皮。時候不早了，你去辦公吧，我們這裡，沒有什麼事了。」士毅身上沒有錶，抬頭看看日影子，也知道是時候不早，安慰了常居士兩句，掉轉身就向外走。可是當他走出大門的時候，小南又由後面追了出來，走到身邊，低聲道：「明天務必還請你來一趟。假如我父親要到醫院裡去看我媽的話，非坐車不成……」士毅用手指著她的肩膀道：「不要緊，我明天會給妳父親送車錢來，妳好好地安慰他吧。」

他囑咐完了，於是又開始跑著，向慈善會而來。然而他無論跑得多快，時間是不會等人的，當他跑到會裡以後，已經遲到一小時以外了，所幸幹事還不曾發覺，自己就勉強鎮定著，把公事辦完。心裡想著，不必再到常家去了，這應當快回會館去，抄寫稿件起來。於是再不躊躇，一直走向會館去，又像昨天一樣，靜心靜意地抄寫道藏經卷。而且自計算著，今天耗費了四五毛錢，非寫四五千字不可！如此，就可以支付兩抵了。當然，這種事是可以拿時間和力量去辦到的，到了晚上十二點鐘，也就抄寫了五千字。次日早晨起來，補寫了幾百字，合成一萬，就帶到慈善會交卷。果然，在散值的時候，領到一塊錢抄寫費。他在抄寫的時候，當然是感到痛苦，然而現在得著了錢，便又想到這是一種很大的安慰。再也不能忍耐了，就到常家來探望小南，小南一聽到門外有腳步聲，就跑著迎了出來，皺了眉道：「你怎麼這時候才來？我爹好幾次要走了，我給他僱車來著，來去要七毛錢，我們哪裡拿得出呢？」士毅頓了一頓，突然地在衣袋裡一掏，掏出那塊錢來，就塞到小南手上，笑道：「這一塊錢都給妳了。除了七毛錢，剩下三毛錢，妳可以買東西當晚飯吃。」談著話，一路走了進來，常居士在屋子裡全聽到了，便道：「阿唷！這了不得，老是花你的錢，我心裡怎麼過意得去呢？」士毅道：「這個請你不必掛在心上，憑我的力量，這些小忙，我總可以辦到的。」常居士無甚可說。小南道：「洪先生，你吃過午飯了嗎？」士毅看她那樣殷勤問著，大概她又想自己來作東。然而身上不曾帶零錢出來，得的那一塊錢抄寫費，又完全交給她了。便道：「我早吃過了，妳們呢？」常居士道：「多謝你送我們的麵粉，我們就和著麵粉，煮了一餐疙瘩吃。若不是孩子要等你來，我已經走了。你有事，請你自便吧。我這個破家，也不要什麼緊，讓小孩子一人看著就行了。」他說著話，向門外走。在小南手上接過那塊錢，僱車上醫院去了。士毅總怕小南寂寞，又在這裡陪她談了一陣，才趕回會館去，把自己塞在牆眼裡的幾張銅子票拿了出來，買了幾個乾燒餅，在廚房裡倒了一碗白開水，對付了這餐午飯，匆匆忙忙再上會裡去。

自這天起，他在會裡要辦公，回來要寫字，得了空閒，又要到常家去看看小南父女。他為了節流起見，又不肯花一個銅子坐車，只憑了兩條腿加緊地跑。一個人，不是鐵打的，士毅一連幾天，手足並用，實在有些精神不濟。到了第四天，自己幾個存下的碎錢，都花光了，而且常居士家裡，食物也將告盡。這天想著，若是明天顧人顧己的話，大概要八毛錢，自己就當寫八千字，說不得了，今天又要帶夜工了。因之由慈善會出來之後，不再到常家去，下了決心，就回會館來寫字，由下午四點多鐘起，寫到晚上十一點多鐘止，直寫了個不抬頭。寫的時候，雖然腦筋有些脹痛，然而自己繼續著鼓勵自己，對於這事就不曾加以注意。及至自己將筆停止，檢點檢點寫了多少字的時候，一陣眼睛發花，只覺天旋地轉，怎麼也支持不住，身體向前一栽，就伏在桌上。不料自己不休養則已，一休養之後，簡直抬不起頭來。究竟是寫了多少字，這已不能知道，只好手摸了床鋪板，和衣倒下去睡。還好，他倒下去之後，便安然入夢，等著耳朵裡聽到有人的說話聲時，幾次想要睜開眼來，都有些不能夠，最後勉強睜開眼來，只見那紙窗上白色的日光，直射得眼睛睜不開來。不管三七二十一，一個翻身坐了起來，口裡連連叫著糟了糟了，只是幾分鐘的時候，漱洗畢了，趕快地就走出會館向慈善會而去。

今天到了會裡，更是有些不同於往常，只覺得辦公室裡，有一種重濁的空氣，向人身上壓迫著，彷彿這身子束縛了許多東西，頭腦上也好像頂了幾十斤，說不出來身上有一種什麼憂鬱與苦悶，見了同事，勉強放出笑容來，怕人家看出了什麼苦惱，然而這苦惱就更大了。伏在辦公桌上，將那紅色的直格子紙寫字，那一條條的直線，都成了縱的平行線。硯臺是四方端正的，看去倒成了三角形，雖是勉強提起筆來，那一支羊毫筆倒成了一支棒槌，無論怎樣，也不能使用靈便了。這種情形，當然沒有法子再寫字了，只得放下了筆，將兩手籠了抱在懷裡，閉著眼睛，養了一養神。他這種情形，再也不能隱瞞著同事的了，早就有人向他道：「洪先生，你的臉色太壞，大概有點不舒服吧？」士毅站了起來，要答覆人家的話，只覺屋子如輪盤似地打轉，令人站立不穩，身子向後一挫，便又坐在椅子上。於是把幹事曹先生驚動了，對他說：「既是身體不好，不必勉強，可以回去休息休息。若是勉強做事，把身子病倒了，那就更不合算了。」士毅站起來，扶著桌子沿，定了一定神，覺得眼花好了一些，這才離開了辦公室。因為這次走開，是得了幹事的同意的，心中自是泰然，並不慮到會影響自己的飯碗，今天可以把一切的問題，都拋開到一邊去，回會館去，穩穩當當，睡上一大覺。

這幾天以來，為了常家的事，自己也太辛苦了。既要顧到賺錢，又要顧著看護人。以前沒有慈善會的職務，也不過天天愁那兩餐飯而已，現在除了兩餐飯，依然有問題而外，而且時時刻刻，添著憂慮恐怖，仔細想來，與自己可說毫無關係。若說是惻隱之心，世界上沒有一個人去救人，下這樣大的力量的。這樣說起來，我為的是誰？不就為的小南嗎?為著小南，正因為她能安慰我的枯燥生活罷了。但是在事實上說起來，她真能安慰我嗎?那恐怕是一種夢幻。她的母親，首先便嫌我衣服穿得不漂亮，不像個有錢的人。就是小南自己，似乎她以前很以為我有錢，現在才知道我是就小事的，或者也有些不滿意了。這只有那個老瞎子先生，他是很感激我的。然而他在家庭裡，似乎成了個贅瘤的人。我拼了命去維持他一家人，她一家人，未必對我能有徹底的諒解，何能得到什麼安慰?就算能得些什麼安慰，一個人拼了性命去求一點安慰，也有些樂不敵苦吧?算了吧，男女之愛，不是窮人所能有的。從此以後，自己撇開常家，住著會館，靠那十塊錢薪水，便足夠維持生活。萬一自己還想舒服一點，每天高興寫上一二千字，一月又可得幾塊錢，管每日的小菜，也許夠了。他如此想著，就覺今日可以回家去大睡一場，從此以後，不必去管常家的事了，合著那句成語，真個如釋重負，再不要做那傻子了。他想的時候，只管低了頭走，把自己心上的憂鬱，就排除到一邊去。但是當他走到大門口的時候，那個老門房，卻迎了出來，向他拱拱手道:「洪先生，你這幾天，怎麼這樣的忙?」士毅嘆了一口氣道:「嗐!不要提起。不過我也是自作孽，不可活。」老門房道:「怎麼了?你搗了什麼亂子了嗎?」士毅道:「那倒不是，只是我多管閒事不好。」老門房道:「你說管閒事，我正問你這個啦。怎麼你提的事，忽然不管了呢?」老門房如此一說，使士毅那香消極的意思，不得不打消，所謂如釋重負的那個重負，倒依然要他背著呢。

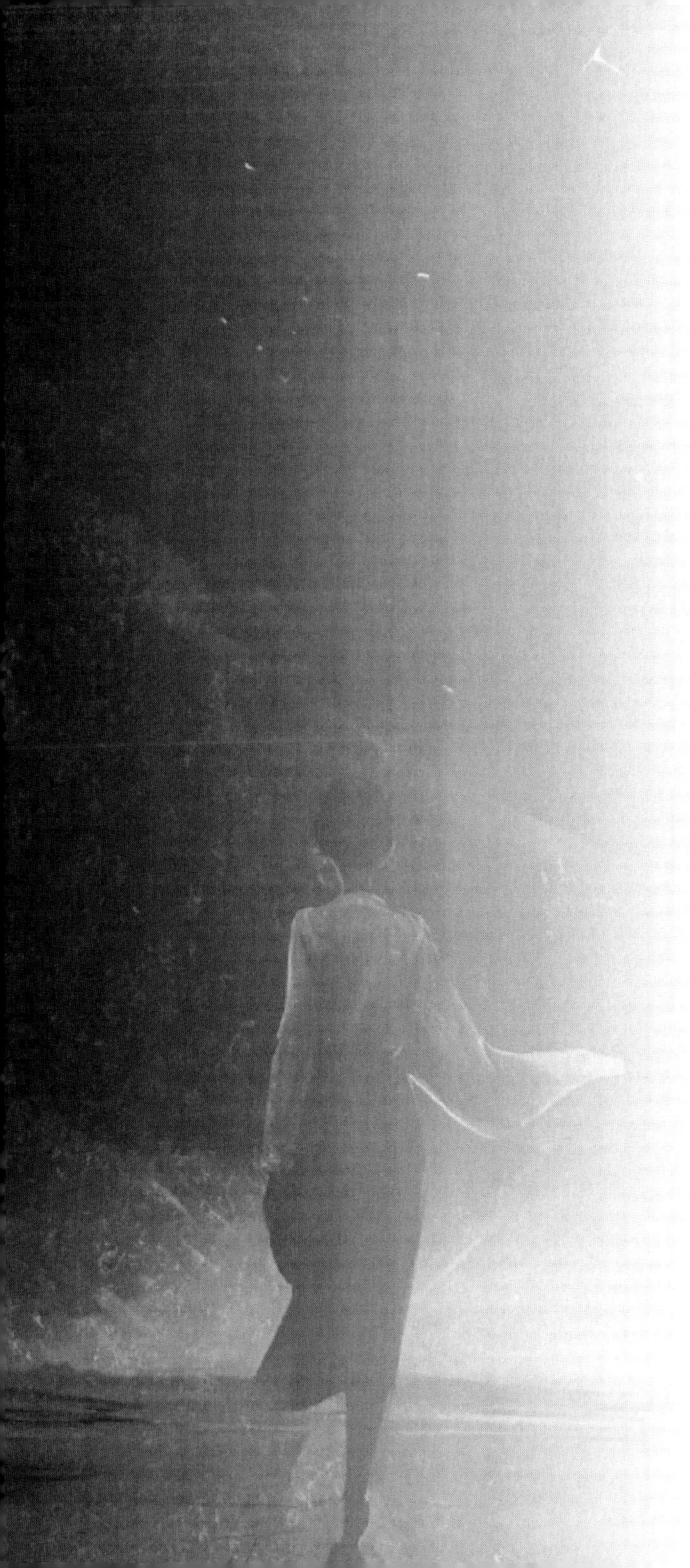

厚惠乍調羹依閭以待　苦心還賣字隱幾而眠

洪士毅見老門房說得那樣的鄭重，便問道：「我有什麼事重託過你？」老門房道：「前些時，你不是要再三的對我說，有一個婦人要找事情嗎？現在工廠裡差了一個……」士毅搖搖頭道：「不必提了。那件事情，和老媽子差不多，人家雖是窮，是有面子的人，這樣的事，人家不肯幹。」老門房道：「你猜著是什麼事？」士毅道：「不是管女工開飯、洗碗筷子的事情嗎？」老門房連連搖了頭道：「不，不。這工廠裡不是有糊取燈盒兒和做小孩兒衣服兩樣活嗎？這兩樣，不一定是廠裡人做，在家的人，只要取個保，也可以拿活去做。為了這個，工廠裡特意要請幾個女跑外，一個月至少也給個七塊八塊的，還可以在工廠裡吃飯，你看這不是一件很好的事嗎？」士毅搖著頭道：「好是好，可是要找事的這個女人，沒有造化，她現在害了病了。」老門房道：「害病也不要緊，只要你和總幹事提一聲兒，留一個位置暫時不發表，就是再過個十天半月，也來得及。」士毅聽了這話，自己卻沉吟了一會子，假使余氏這病遲個三五天好了，再養息七八上十天，也就可以上工了，這樣的好事把它拋棄了，未免可惜！萬一來不及，她的姑娘，也可以代表。老門房道：「洪先生你想些什麼？」士毅道：「我想著，這個老太太若是病得久一點，讓她姑娘先代表跑幾天，也可以嗎？」老門房道：「她姑娘多大歲數呢？」士毅道：「大概有十六七歲吧？」老門房聽了這話，一手摸了鬍子，瞪了兩隻大眼，向他望著。老門房其實也沒有什麼深意，可是士毅看到之後，立刻臉上紅了起來。他不臉紅，老門房卻也不留意，他一紅起臉來，老門房倒疑心了，想著他是一個光身漢子在北平，我是知道的，這個時候，他先要給個女太太找事，現在又要給個十六七的姑娘找事，這是怎麼回事？這樣一個老實人，難道還有什麼隱情嗎？他心裡想著，手裡就不住地去理他的鬍子。士毅看他那神氣，知道他在轉念頭，便道：「不成功也沒有關係，我不過轉受一個朋友之託。我隨便的回覆他就是了。」

說畢，他就向外面走去。走路的時候，他又轉想到常家的事。我現在為了他家，每天多寫不少的字，老把這件事背負在身上，原不是辦法，可是突然地謝絕了，也讓他一家人大失所望。今天有了這個訊息，我正好擺脫，應當去告訴小南一聲，至於她願幹不願幹，那就在乎她們，反正我自己是盡了這一番責任的了。他心裡這樣想著，這兩隻腳卻自然而然的，向著到常家的這一條路上走了來。他不感到寫字的痛苦，也不感到為人出力的煩悶，卻只盤算小南母女答應不答應的問題。走到常家門口時，遠遠地看到小南在那裡東張西望，看到他來了，立刻跳著迎上前來，問道：「你怎麼這時候才來？真把我等急了。」士毅道：「有什麼事嗎？」小南道：「我媽的病，已經好些了，多謝你啦。我爹說，老讓你花錢，心裡不過意，可是我們這窮人家，有什麼法子謝你呢？我下午買了幾斤切麵，等著你，煮打滷麵吃。我鹵也做得了，水也燒開了，就等著你好下麵啦，可是你老不來。」士毅口裡答應著事忙，心裡可就叫著慚愧，心想，我今天要是不來的話，人家燒好了水，要等到什麼時候才煮麵呢。所以和朋友絕交，也當讓朋友知道，免得人家有痴漢等丫頭這一類的事情。他心裡這樣責備著自己，走到大門裡去。常居士似乎是知道他來了，昂了頭向屋子外叫道：「小南，是洪先生來了吧？我說不是？人家有那一番惻隱之心，還不知道妳媽今天的病怎麼樣呢？怎能夠不來？」士毅在院子裡答道：「這兩天事情忙一點。來，我是一定來的，就是我不來了，我也會打老先生一個招呼，免得指望著我幫忙呀。」說著這話，已經走到很窄小的那個中間屋子裡去。常居士摸索著迎上前來，兩手握了士毅一隻手臂，然後慢慢地縮了手，握住了他的手，一手托著，一手按著，點了兩點頭，表示出那誠懇的樣子來，卻道：「洪先生，我得著你，算是一活三條命。要不然，我內人病死，我要急死，我這個丫頭，前路茫茫，更是不知道要落到什麼地步。小孩子說，老讓你幫忙，要煮一碗麵請請你。其實這買麵的錢，也是洪先生的，你別管她這麵是誰花錢買的，你只瞧她這樣一點孝心吧。」士毅啊喲了一聲道：「老先生，你怎麼說這樣的話？折煞我了。」小南道：「屋子裡沒有地方坐，又髒得要命，還是請洪先生在院子裡坐吧。」士毅道：「這裡我已經來熟了，那裡坐都行，不必和我客氣。」小南不由分說，忙碌了一陣子，她將一把破爛的方凳子，放在階沿石邊。又端了一個矮凳子放在旁邊，用手拍了矮凳子道：「就請這裡坐吧。」士毅也覺得他們屋子裡，充滿了煤臭與汗氣味，到外面來坐，正合其意，笑著坐下了。常居士扶了壁，摸索著出來，也在階沿石上坐著。屋簷下一個煤爐子上，用三塊小石頭，支了一口補上鋸釘的大鍋，燒上了一鍋水，只是將一方柳條編的籠屜托子蓋了，在那縫裡，只管冒出熱氣來。小南在屋子裡，端出來一隻缺子口的綠瓦盆，盆上蓋了一條藍布溼手巾。掀開手巾來，中間兩大碗北方人吃的麵鹵，乃是雞蛋、肉絲、黃花菜、木耳、花椒、芡粉合煮的東西。碗外面，就圍上了幾大捆切麵條。於是小南取了笊籬筷子，就在當院子下起麵來。

常居士坐在階沿石上、風由上手吹來，正好將麵鍋裡的熱氣，吹到他面前，他聳了鼻子尖，不由得喝起彩來道：「香，好香！機器麵比我們土麵來得香，也好吃些。」士毅道：「老先生，你大概肚子餓了，給你先盛上一碗吧？」常居士笑道：「不忙不忙，你們那一碗鹵恐怕涼了，得熱上一點兒吧？」小南並不答覆他這一句話，取出一個大碗來，盛上了一碗麵，將一個盛了醬的小蝶子，一齊送到方凳子上，將一雙筷子塞到他手上，笑道：「你先吃吧。這黃醬倒是挺好的，我忘了買香油給你炸上一炸，你就這樣拌著吃吧。」常居士一手接下筷子，一手探索著摸了碗道：「我怎好先吃呢？」小南道：「你吃素，我們吃葷，你先吃吧。免得鬧在一處，也不乾淨。」常居士將臉向著士毅笑道：「我這就不恭敬了。」於是摸了黃醬碟子在手，用筷子撥了一半黃醬在白水煮的麵碗裡，然後筷子在麵碗裡一陣胡拌，低了頭，稀哩唆羅，便吃起來。那一碗麵何消片刻，吃了個乾淨。小南也不說什麼，接過了麵碗去，悄悄地又給他盛上一碗。接著她將兩碗鹵放在方凳子上，然後盛了一碗麵，雙手捧著，送到士毅面前。又取了一雙筷子，用自己的大衣襟，擦了兩擦，抿了嘴笑著送了過來。士毅笑道：「何必這樣客氣呢？」小南笑道：「你要說客氣，我們可寒憎，瓜子不飽是人心，你別說什麼口味就得啦。」

士毅吃著麵，心裡也就想著，像小南這樣的女孩子，總是聰明人，分明是她要煮麵給我吃，例說是她父親要煮麵謝我，在這種做作之下，與其說是她將人情讓與父親做，倒不如說是她有點不好意思了。她果然是不好意思，這其間便是有意味的。不要說她是個撿煤核的小妞兒，她一樣懂得什麼叫溫柔，什麼叫愛情呀。心裡想著，眼睛就不住地向她看了幾眼。她捧了一碗麵，先是對了方凳子站著吃，因為士毅老是望她，她就掉轉身，朝著大門外吃了。士毅見她越發的害臊，就不再看她了，吃完了一大碗麵，將碗與筷子向方凳子上一放，小南迴轉身來，立刻放下自己的碗，伸手將士毅的碗拿過去，便要去盛麵，士毅用手按了碗道：「行了行了，我吃飽了。」小南笑道：「你嫌我們的東西做得不好吃吧？」士毅笑道：「那是笑話了。我又不是王孫公子，怕什麼髒？我的量，本來就不大，這一大碗，就是勉強吃下去的。」小南道：「舀點兒麵湯對鹵喝吧？你不再吃一點，我的手拿不回來。」士毅聽她如此說著，沒有法子再可以拒絕，只得笑道：「好！我喝，就是湯，也請妳給我少舀一點。」於是小南將碗拿過去，舀了大半碗熱湯，親自用湯匙將麵鹵舀到湯碗裡來和著。士毅雖是在窮苦中，但是這一個多月來，有了事情了，每餐飯總是可以吃飽的。像這樣的麵湯沖鹹鹵喝，實在不會感到什麼滋味。可是對於小南這樣的人情，又不能不領受，只得勉勉強強把那一碗湯，喝下半碗去。小南看那樣子，知道人家也是喝著沒有味，因笑道：「洪先生，你等著吧。」士毅突然聽到說等著，倒有些莫名其妙，就睜了眼向她望著。她笑道：「等我有一天發了財，我請你上館子吃一餐。」常居士倒不由得噗嗤一聲笑了，因道：「人家要吃妳一餐，還要等妳發了財才有指望呢。妳這輩子要不發財呢？」小南道：「一個人一生一世，有倒楣的日子，總也有走運的日子，你忙什麼？」常居士卻嘆了一口氣道：「一個人總要安守本分，別去胡想，像我們這樣的人家，財神爺肯走了進來嗎？妳媽是個無知無識的婦道，我是個殘疾人，妳是個窮姑娘，我們躺在家裡，天上會掉下餡餅來嗎？」士毅笑道：「這也難說，天下躺在家裡發財的人，也多著呢？就以妳姑娘而論，焉知她將來就不會發財？」小南笑道：「對了，也許我挖到一窖銀子呢，我不就發了財嗎？」

大家說說笑笑，把這一頓麵吃了過去。士毅道：「我來了這久，忙著吃麵，把一個訊息，忘記告訴老先生。就是上次我說的，可以給伯母找一個事情的話，現在可以辦到了。事情很好，面子上也過得去，就是在工廠送活到外面去做，人家做好了，又去取回來，事情很輕鬆的。除了每月八塊錢而外，還可以在工廠裡吃飯，合起來，也有十幾塊錢一個月，不是很可以輕府上一個累嗎？」常居士聽說，早是情不自禁地向他連連拱了幾下手道：「這就極好了，就請洪先生玉成這件事吧。」士毅道：「可是有一層，伯母現在病著呢，她怎能上工呢？」常居士聽說，將眉毛連連皺了幾皺。士毅道：「這一層，我也想到了，可以請令嫒先去，代替十天半個月。」小南聽說，連忙頓著腳道：「我去我去，哪一天去？」常居士道：「人家不過是這樣一個訊息，成不成還不知道呢，那裡就能夠說定了日期？」小南一頭高興，不覺冰冷下去。那臉色也就由笑嘻嘻的，一變而繃了起來。士毅笑道：「只要姑娘願意去，我一定努力去說，多少總有點希望。」小南不覺向他勾了一勾頭道：「我這裡先謝謝了。」常居士他雖不看見，他用臉朝了小南站的那一方面，似乎有點感覺，點著頭道：「對了對了，多謝謝吧。」士毅吃了她親手做的一碗麵，心裡已經有一種奇異的感覺。現在他爺兒倆這樣的感謝，更教他興奮起來，便站起來安慰著小南道：「我盡力去辦，只要會裡幹事先生肯答應，我就磕三個頭也給你把這事情說妥下來。」說著話時，手按在她的肩膀上，輕輕地拍了幾下。小南向她微笑著，眼睛可射到瞎子父親身上來。她順手抬了一隻手，握住了他的手，捏著搖撼了幾下，向他微微地笑著。這個樣子，她是表示了很深的感激與希望，士毅哪裡還有推托的餘地？因笑道：「妳放心好了，我一定給妳辦成功就是了。我不光是答應妳就算了事，還有許多事要一同去辦的呢。事不宜遲，我馬上回去就給妳辦理。」士毅說了，人就向外走著。小南跟在後面，追了出來，卻握住他一隻手，只是嘻嘻地發出那無聲的笑。士毅看她這樣親熱，心裡自是滿意，可是急於無話來安慰她，就笑著問道：「今天妳不短錢用嗎？」小南道：「今天我不用錢了，你明天再把錢給我就是了。」士毅答應了一聲好，高高興興地走回會館去。

他有生以來，不曾經過女人對他有一種表示。今天小南這番好意，是平生第一次受著女人的恩惠，覺得這種恩惠，實在別有一種滋味，自己一個人低頭走著仔細回想，總覺得小南這個人，不可以看她年輕，不可以笑她是撿煤核的，實在她也是無所不知的人。正想到得意之時，身後忽然有人叫起來道：「老洪，你要到什麼地方去？」士毅猛然回頭一看，呵喲一聲，自己也不由得笑了起來，原來已經走過了會館門口好幾家門戶了。叫的人卻是會館裡的同鄉，怎料到他如此窮困的人，會發生愛情問題？所以他隨便說著，也沒人注意他。然而他走到自己臥室裡以後，架起兩腿，在床上躺著又繼續地想著下去。覺得小南這種要求，自己無論如何，應當給她辦成。這樣一來，自己可以少有些經濟上的負擔，其二，給她找了一個事，她對我的感情，要特別好些。那個時候，在友誼上我就可以到進一步的程度了。想到這裡，自己加上了一筆但是，所謂進一步的程度，並不是像上次帶她到西便門外去的那種舉動，這是要她感覺得我這人待她不錯，她不應當把我當一個父親的朋友，應當把我當她一個知心的人，一切的情形，彼此都可以有個商量。到了那個時候，必定水到渠成，不用我有什麼要求，她父母也許就會出來主張一切的了。不過這樣一來，我賙濟幫助人家的用意，完全把假面目揭破了，不過是一種引誘的手段而已。別的還罷了，我打了一個佛學的幌子，去和那好佛的常老頭子歪纏，世界上真是有佛的話，我這人就該打下十八層地獄去。我現在要做好人，只有幫他們的忙，不圖他們的報酬。可是又得說回來了，我手餬口吃，自己還顧全不過來呢，為什麼去幫別人的忙呢？假使我不去幫他們的忙，像小南這樣的孩子，作個煤妞兒終身，未免可惜！而且她是十二分的希望我去幫她的忙。假使我不去幫她的忙，她那種失望，比受了我的引誘，還要難過萬分呢。

自己想來想去，始終得不著一個解決的辦法。還是起來，預備了燈火，掩著房門，靠了桌子坐著。呵喲，這一下子提醒了他，桌子角上還有一本道藏書和一疊稿子紙，自己一種新加的工作，晚上回來，還不曾動手哩。本來自己想著，累了這些天很是無聊，今天可以不必寫了，反正自己賺的錢，總夠自己吃飯的。寫字賺來的錢，都是給常家人用了，不過是為人辛苦。決計不做那傻事了，也可以養養自己幾分精力。然而到了現在，這計畫又該變遷了，臨走的時候，小南曾說了一句，有錢明天給她用，若是明天見了面，不給她錢用，未免有點難為情。我有的是精力，便費點神，只要今天帶個夜工，寫個三四千字出來，明天就可以給她三四毛錢了。我的能力固然是小，可是她的希望也不大。若是做這一點事，我還要考慮，太沒有出息了。這沒有什麼難處，不過是寫。想到一個寫字，自己振作起精神，立刻磨墨展紙，就寫了起來。以謄寫經卷而論，一小時寫一千字，並不為多，但是士毅在白天，寫過字，辦過公，還跑過路，又以他的精神而論，也就用得可以的了。況且回得家來，又是這樣的思索，實在是不能寫字了。可是他覺得今天晚上，有的是空餘的時間，又何必不寫幾個字呢？因之排除了一切的困難，他還是繼續地寫了下去。由晚上八點鐘，寫到十一點鐘，也不過僅僅寫了兩千字。將這個到會裡去領款，兩角錢而已。無論如何，總得再寫二千字，明天所得的錢，才拿出來不寒磣。因之趁磨墨的工夫，休息了片刻。磨完了，按著紙，又繼續地寫。也許是人真個有些疲倦了，寫著寫著，兩隻眼睛的眼皮，不由人作主，只管要合攏起來。自己雖然竭力地提起精神來，要把眼皮撐著，但是眼睛裡所看的字，和手下所寫的字，有時竟不會一樣。猛然省悟過來，定睛一看，竟寫了好幾個小南在稿子上。心裡連說糟了。所幸寫錯的，還僅僅是最後一張，若是以前幾張都有錯字，今天的工夫，算是白費了。自己也是想不開，今天既是寫得太累了，今晚上可以休息，明天起個早來寫，不是一樣嗎？可是話又說回來了，一個人做事做到累了，總是貪睡的，明天不但不能起早，也許比平常起得晚，那又怎麼辦呢？窮人手下又沒有鬧鐘，可以放在床頭，讓它到時把人吵醒。也不像在家裡的人，假使要起早的話，可以託付別個，早早地喊一聲。

他正想著，一個蒼蠅嗡的一聲，在燈光上繞了一個圈子飛著，他自己不覺噗嗤一聲笑了起來。心裡想著，有了。前兩天，晚上忘了關窗戶，一天亮飛進幾個蒼蠅來，就把人吵醒了。我何不開啟窗戶，開啟房門，大大的歡迎蒼蠅進來？明天早上，它在我臉上爬著，癢得我自然會醒。蒼蠅就是我的鬧鐘，蒼蠅就是叫我起身的聽差。這個法子絕妙，再也不用猶豫的了。於是門窗一起開啟，吹滅了燈，安心上床去睡。到了次日天剛亮的時候，果然有幾個餓蒼蠅在屋子裡飛著。因為睡著的人，身上是有熱氣的，那蒼蠅就飛到人手上人臉上來嗅那熱氣，爬來爬去，鬧得人渾身作癢。士毅朦朧中用手在臉上撥了幾撥。可是蒼蠅對於熱氣，是有一種特別嗜好的，你雖是把它竭力轟跑了，它拚命地掙扎，飛過去，又飛回來。這樣的拚命交計有五六分鐘之久，這個殷勤的飛僕，到底把士毅叫了起來。士毅睜開眼睛一看，呵喲！天亮了，蒼蠅催我來了。於是匆匆忙忙的，披衣起床，趕快就揣著臉盆到廚房裡去舀了一盆涼水來洗臉。也不知昨天是什麼事大意了，卻把一條舊的洗臉手巾，不知放到哪裡去了？找了很久，手巾沒有法子找著，若是這樣找下去，又要耽誤不少寫字的工夫，因之只把涼水在臉上澆了兩下，掀起一片衣襟，將臉隨便地擦抹了一把，趕快就伏到桌上來寫字。寫了幾行，就看看窗子外頭的日影。因為在會館裡住著，從來沒有鐘錶看時間，現在已經練成了一種習慣，不必看鐘錶，只要看著屋簷下及牆上的日影，就知道是什麼時候了。所以他的心事，老是分著兩層，一方面寫字，一方面注意著日影。他總算寫得快的，不到半小時之久，他就寫起了五百字。照這樣算著，一個鐘頭，好寫一千字了。起來得如此之早，當然好寫兩個鐘頭的字，才到慈善會去。便便宜宜的，可以在早上賺兩角錢到手了。如此想著，筆在紙上，真個如蠶食葉，寫得是很快。不過昨日帶病睡覺，今天起來得如此之早，卻並沒有把病放在心上。直到寫過兩個鐘頭以後，預計的兩千字，已經可以寫完了，於是覺著自己的頭腦，一陣比一陣的發脹。恨不得伏在桌上，立刻睡上一會兒才好。然而這最後幾行字不寫起來，這一角錢的報酬，今天就不能拿。再拿不到兩角錢，回頭到小南家去，小南伸手要錢，就沒有法可以出手。想到這裡，不由得自己不特別努力，於是咬著牙，低了頭又謄寫起來。一口氣把最後一頁寫完了，看看窗子外的日影，也不過七點多鐘，到上慈善會辦公的時間，約摸還有一小時，於是將筆一拋，嘆口氣道：「我可寫完了。」

只說完了這句，他就兩手伏在桌上，頭枕在手臂上，朦朧地睡去。本來他是可以上床去睡的，可是他心裡也自己警戒著自己，假使睡得太舒服了，恐怕起不來了，還是伏在桌上，閉閉眼睛，稍微休息一會就算了。因之他伏在手臂上，剛剛有點意志模糊，立刻想起來道：「不要到了鐘點了吧？」立刻抬起頭來，睜開眼看看窗外的日影，還是先前看的那個樣子，並沒有什麼移動。這也是自己小心過度了，這個樣子，自己也許不曾睡到五分鐘呢。於是自己寬慰著自己道：「時間還早著呢，好好地睡半點鐘吧？」他下了這個決心，便又伏在桌上睡了起來。自己也不知道睡了多少時候，將頭向上一衝，叫起來道：「到了時間了，起來吧，起來吧。」果然站起來看時，太陽影子，也只是每日在床上剛醒的時候，並沒有到出門的時候，然而這也就時間無多了。自己再也不敢睡，立刻將桌上的稿件收拾收拾，就出門去。他第一項工作，就是把抄的字交到幹事先生手上，領了四角洋錢到手。那給錢的幹事，對他臉上望望，因問道：「洪先生，你在北平是一個人呢？還是帶有家眷？」士毅不知道人家的意思何在？便道：「自然就是我一個，我這種情形，還能養家眷嗎？」幹事道：「既然只是一個人，何必這樣苦苦地工作，每天除了到會來辦公而外，你總有這些字交卷，和那不工作光抄字的人，也差不多，你實在是太苦了。這幾天，不但你的臉色憔悴了許多，就是你的眼睛也紅了。據我看來，怕是帶夜工的緣故吧？」士毅微笑道：「你猜是猜對了一半。不過我這樣做苦工，也是沒有法子。我雖是不養家眷，可是以前窮得沒奈何，借了債不少，現在我要趕出一點錢來，把這債還一還。」幹事先生道：「這樣子，事就難說了，還債要緊，性命也是要緊呀。」說著，望了他，倒替他嘆了一口氣。士毅不便說什麼，自垂著頭走了。可是辦公的時候，他心裡就想著，幹事先生說的話，性命要緊。不要這樣狠命地寫字吧？可是我要不這樣加工趕造的話，我哪有錢幫小南的忙呢？好容易掙扎到現在，小南對我有些意思了。我忽然把以前努力的事情，一齊停止不管了，那麼，交情也就從此中止了，未免可惜！幹事先生說的話不要管他，我還是幹我的。不見得一個人每天多寫幾千字，會把人寫死。因之辦完了公，回去吃飯的時候，怕煮飯耽誤了工作，只買了幾個大燒餅，一路走著，一路啃了回會館去。

到了會館之後，向會館裡同鄉，討了兩杯熱茶喝著。看了看屋簷下的太陽影子，那陽光和屋陰分界之處，黑白分明，有如刀截，筆直一條。這樣子，正是太陽當頂了。往日這個時候，在慈善會裡，還不曾出門，今天就回了家了，時候很早，何不趕快多寫？主意有了，立刻把衣袖一掀，站在桌子邊磨起墨來。將墨放著，就伏到桌子邊，展紙伸毫來寫字。他寫字的時候，卻聽到隔壁屋子裡有人道：「老洪這幾天，起早歇晚，連回來吃飯的時候，都不肯停一下，這麼寫字，什麼事，要這樣子的忙法？」又一個人道：「他在北平苦夠了，大概他想積攢幾個錢，預備將來沒有法子的時候，好回家吧？他這個人，一錢如命，是不肯枉費一文的。」士毅聽了這話，心裡真不免有些慚愧，我真是一個錢不肯枉花嗎？豈知我都是為了枉花，才這樣的賣力呢？人生在世，大概是不會滿足的，有飯吃，就想衣穿。有吃有喝了，便想一切的逍遙快樂。等著一切逍遙快樂，有些希望了，這就預備花錢。到了這時，錢總是不夠花的，於是就拚命去想法子，只要能得著錢，無論出什麼力量，都在所不惜。這就忙碌來了，苦惱也來了，這不但是自己如此，就是自己所看到得意或失意的人，也莫非不如此！我剛吃了幾天飽飯，就貪上了女色，這不該打嗎？可是話又說回來了，窮人就不該貪女色嗎？想著想著，手裡拿了筆，不寫字，也不放下，只是懸著筆，眼望窗子外出神。許久許久，忽然哎呀了一聲。

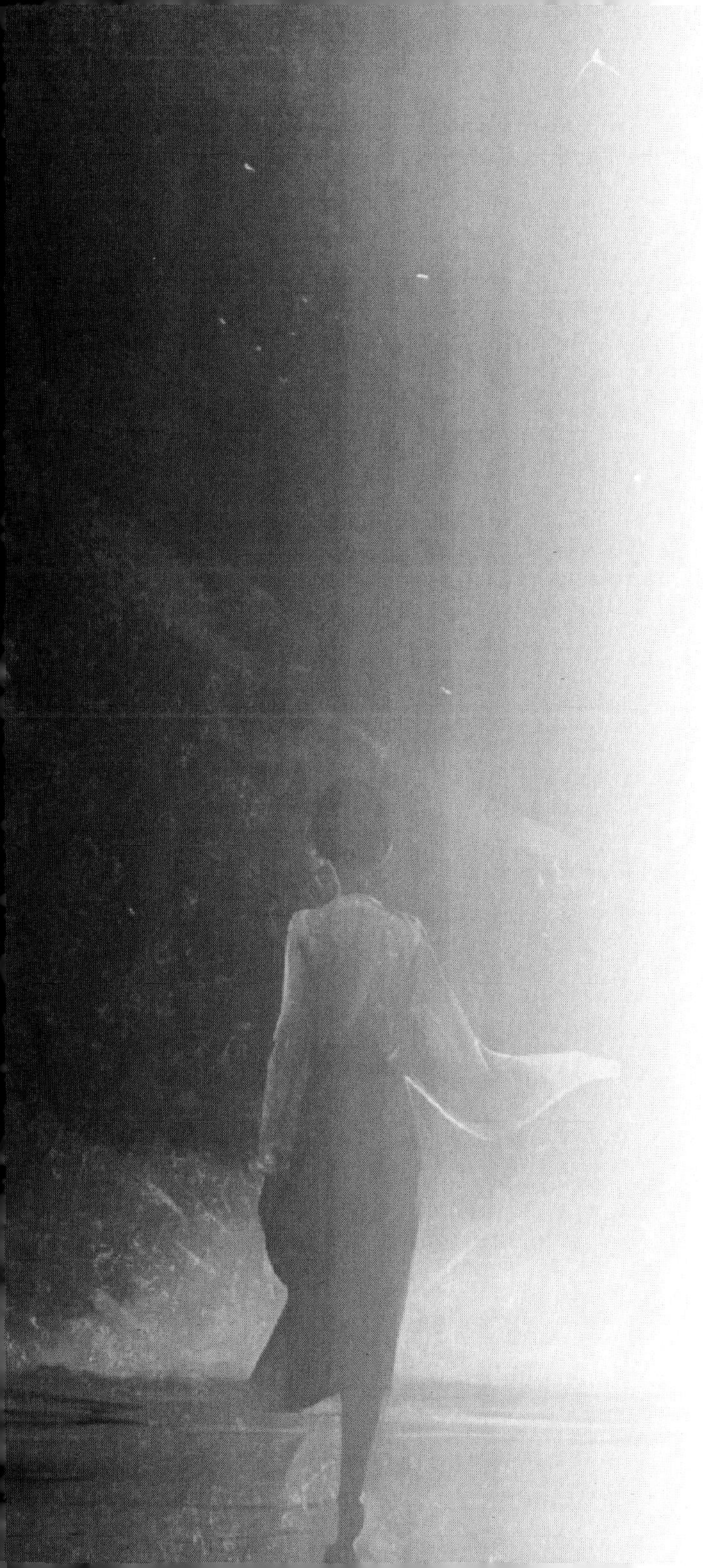

襆被易微資為人作嫁

彈琴發妙論對我生財

原來洪士毅想得正得意的時候，卻忘了寫字，偶然一低頭，自己才發現了面前放了一張紙，沒有寫字呢？自己不是趕到會館來，預備寫上幾百字的嗎？這樣一想，把寫字的事忘記還不要緊，也不知是如何鬧的，卻在寫字的紙上，滴上好幾滴墨跡。抄寫經卷，就要的是一個乾淨，有了墨跡，這種東西就不能用了。唉！白糟蹋一張紙。今天上午是不能寫多少字的了，索性休息這半天，待到下午回來，再一心一意地寫上兩三千字吧。不必多，以後每天能寫兩三千字，也就不錯了。這兩三千字，合起來，一個月也可以收入八九塊錢，自己湊著用，固然是十分富足；就是分給小南去用，並非分去自己的正當收入，她得了我這筆錢，那可了不得了。差不多她一家人的吃喝都夠了。據我想來，這並不是什麼難事，只要每天能起早，晚上十一二點鐘就睡，身體既不勞累，精神也可以調和得過來。再說，無論如何痛苦，總比以前無事的時候，每天想在街上撿皮夾子的狀況好得多了。如此想著，自己突然地將桌子一拍，就站了起來。口裡也喊出來道：「好！我就是這個樣子對付。」左右兩隔壁屋子裡的人，聽著這話，都嚇了一跳，以為這個人有了神經病，都搶著跑出來，伸頭向他屋子裡看著。他自己就猛然省悟起來，已把別人驚著了，於是笑道：「好大膽的耗子，青天白日，就當了人的面上桌子來找東西吃。」人家以為他駭嚇耗子，就沒問什麼，各自走了。

士毅手扶了桌子角，晃蕩了下幾，覺得腦筋有些脹得痛。剛才沉思的時候，自己鼓勵著自己，身上雖是有病，卻是不知道。現在精神興奮過去了，因之病相也就慢慢地露出。人的腦力畢竟有限，是不能過分支取的，不要是這樣努力，真個把命都丟了。不如託長班向會裡打個電話，今天告半天假吧。於是走到房門口，正待提高了嗓子，去叫會館長班，可是他第二個感想，就跟著來了。今天若是不到會裡去，可不能不到常家去一趟！昨天對人家說找工作的話，今天應該回覆人家一個實的訊息。可是昨天和老門房沒有說定，今天又想著趕回來寫字，忘了和老門房再去打聽，回頭常家人問來，何辭以對呢？本來這種事，都是十分窮苦的人，才去幹的，自然也論不到身分，所以會裡蒐羅這種人才，並不向上層的先生們去徵求，只是在會裡工役兩類人裡去找，而先生們自己去介紹這種人的話，也有些嫌疑。並不曾聽到同事的先生們中，有人提到這話。自己在會裡做事，本來就由代理門房職務升上來的，同事中言語之間，都是愛理不理。在這一點上，可以知道人家瞧自己不起，自己不負總幹事那一番提攜，不可以一個錄事自小，正當力爭上流，怎好向會裡去介紹女工？這只有重託老房門，讓他去說，自己在內幕牽線也就夠了。可是昨天沒有給老門房一個答覆，也許人家以為我不願介紹這事了。今天再不去和他說，恐怕會讓別人搶奪去了。他想到這裡，無論如何，非到慈善會裡去辦公不可！於是坐了下來，定了一定神，手撐著桌子，托住了頭，微閉了眼睛，靜靜地想著。他又是突然站了起來，將桌子一拍，隔壁屋子就有人問道「老洪，你屋子裡又鬧耗子了嗎？」士毅聽說，倒暗笑起來了，答道：「可不是？真沒有法子。其實我們這屋子裡，連人吃的都沒有，哪裡還有耗子的份呢？」

說著話，看看當院的太陽影子，已經是到上慈善會的時候了。既是決定了去，就不用得再猶豫什麼，掙了命，立刻就走向慈善會來。首先見到了老門房，就把他拉到屋角邊，低低地向他道：「我託你的事怎麼樣了？其實這個人，和我一點關係沒有，只是我看到他們家裡人可憐，不能不幫他一點忙。」老門房道：「早就說妥了，因為你沒有回我的信，我不知道是怎麼一回事？也不敢去問人家。」士毅道：「這個女人，現在她病在醫院裡，讓她姑娘先來替十天半個月，行不行？」老門房道：「只要上頭答應了，反正有一個人給工廠辦事，她娘也好，她閨女也好，那總沒有什麼關係。不過請你把姑娘先帶來給我瞧瞧，讓我瞧瞧是成不成？」士毅覺得這種辦法，是沒有什麼可以駁回的。

當天下午辦完了公，就趕到常家來報告這一件事。常居士道：「有這樣好的事，那就極好了。可是一層，我這孩子身上的衣服，破爛是不必說，就是她撿煤核兒的那些成績，身上也就髒得可觀。人家不會說我們窮，倒一定要說我們髒懶。」小南也在外面搭腔道：「這個樣子，我怎樣能去？我非換一件衣服，我不能去。」常居士道：「妳趁著今天晚上，把那件褂子，脫下來洗上一洗，晾乾了，明天就穿去得了。換一件，妳哪有衣裳換呢？」小南鼓了嘴，靠了門框站著，眼睛望了天，卻只管不作聲。士毅站在院子裡向她周身看看，見她穿的一件藍布短裌襖，前一個窟窿，後一個窟窿，有些窟窿，將白線來連綴起來，藍黑的衣服上，露出一道一道的白線跡，非常之難看。他估量了許久，不覺點了幾點頭。小南眼望了他一下，撅著嘴道：「你看這個樣子，怎好去見人呢？這個樣子我不去。」常居士聽說，在屋子裡，就摸了出來，扶著小南的肩膀道：「妳不要胡說了，這是千載難逢的機會，怎好不去？難道妳跟我們餓到現在，還沒有餓怕嗎？」小南將身子一扭，依然撅了嘴道：「我不去，我不去。穿得破破爛爛地去了，人家只當是要飯的來了，別說找事，人家看到，理也不會理我一聲呢。」士毅看了那個樣子，就隨便地答應了一句道：「實在地說，換一件衣服去也好，我去想點法子吧。」小南笑道：「你要是能給我想個法子，借一件衣服來，勞你的駕，還給我借一雙鞋，一雙襪子。」說時，將腳抬了起來，讓士毅看。士毅見她腳上，雖然穿的一雙破鞋，可是扁扁的，平平的，窄窄的，乃是不到七寸長的一雙小腳。這也正和她的人一樣，嬌小玲瓏，在可愛之處，還令人有一種可憐之意。他看了，並不答覆她的話，卻只是對了她的腳注意。小南放下腳來，又抬起另一隻腳給他看看，笑道：「你看了，也應該替我發愁吧？你看，鞋子口上，破了這樣一個大窟窿，腳趾頭都露出來了。」說畢，將腳趾頭在窟窿裡勾了兩勾，方才放下。這種舉動，雖然是不大文明，可是在士毅眼裡，依然覺得這是一片天真，就笑著點了點頭道：「我總要給妳去想法子，把東西去借了來。」小南道：「那我真感激你啦。衣服大小一點，湊合著穿，倒沒有什麼關係。就是鞋子大了或是小了，那都不成！你在這裡給我帶個鞋樣子去，好嗎？」士毅道：「那就更好了。借不到，到天橋地攤子上，買也給妳買一雙來。」常居士聽了士毅說話的所在，向他連連地搖了幾下手道：「要是說買的話，那可使不得！」士毅道：「我既是答應了幫忙，我總要想法子把這件事周全起來，你儘管放心得了。老伯母的病，今天怎麼樣？更見好了吧？」小南道：「我今天瞧我媽去的，她聽說你給她找了個事，高興得了不得，這病更見好了。可是醫院裡大夫說，總得在裡面休息個十天半月的才能出來。現在痢疾拉得遍數雖少些了，還是在拉，別的不說，人瘦得可說只剩一把骨頭了。」士毅道：「妳別焦急，妳母親十天半月好不了，這件事就讓妳幹去。」小南道：「若是讓我幹的話，更要穿的好好兒的去了。」說著，就在屋子裡尋出一張鞋樣子交給了士毅，士毅道：「好辦，好辦！我在三天之內，準可以給你們一個回信。」

說畢，轉身向外走。小南在他身後跟了出來，只管隨了他走。士毅回過頭來道：「令尊大人還沒進屋去呢，妳不用送我了。」小南看了他，微微一笑。停了一會，低了頭不肯抽身回去。士毅道：「哦！妳還有什麼話說嗎？」小南道：「你不是說今天還給我錢嗎？」士毅笑道：「妳看我真是糊塗，我特意送錢來的，把這件事倒忘了。」說著，在身邊掏出四角錢來，笑道：「妳先拿去用吧。若是不夠，我明天再給妳。」小南將四張毛票接在手中，笑道：「你何必一天一天，零零碎碎把錢給我呢？一回多給我幾個，不好嗎？」士毅想了一想，笑著點點頭道：「好的，將來……將來總可以那樣辦。」小南將一個指頭銜到嘴裡，向他望了微笑著道：「你真跟我去買衣服鞋子嗎？」士毅道：「當然是真的，難道我還能夠騙妳？妳想，辦不到也不要緊的事，我何必騙妳呢？」小南道：「可是你說了，三天之後，才給我的回信。三天之後，才有回信，幾天才把東西買了來呢？」士毅道：「我自然願意辦得越快越好。我不敢說三天之內準辦得到，所以才說三天之後回妳的信。」小南笑道：「要是那麼著就好，明兒個見。」說畢，她掉轉身，一跳一跳地回家去了。士毅只就加重了一層心事了，自己答應了和人家辦衣裳鞋子的了，這衣裳和鞋子，就是到天橋去採辦，恐怕也要兩塊錢，這兩塊錢到哪裡去籌劃？難道還靠寫字上面來出嗎？三天的工夫，無論怎樣，也籌不出來兩塊錢，而況小南今天還嫌零零碎碎的給錢不好，要自己每天多給她幾個錢呢？這怎麼辦？他經過了許多番的籌思，這天晚上，他在床上躺著的時候，忽然之間，得了一個主意，立刻將床一拍道：「我就是這樣子辦。」他這樣突然地叫了起來，把左右前後幾間屋子裡都驚醒了，隔壁屋子裡住的人道：「老洪也不知道有了什麼心事？睡到半夜裡，會說起夢話來。」士毅這才知道把人家驚醒了，嚇得不敢作聲了。

到了次日清晨起來，他下得床來，將床上的被褥，一齊捲了起來，用繩子一捆，扛在肩上，就送到當鋪裡去。行李向櫃上一抛，大聲指明了要三塊錢，少了不行。當鋪的夥計看他這個樣子，大有孤注一擲的意味。一個人不等著錢用，也不能把鋪蓋不要，對於這種人的要求，卻也不可太拂逆了，於是就依了他的話，當了三塊錢給他。士毅有了這三塊錢，膽子就壯了，午飯以後，立刻跑到天橋估衣攤子上去，左挑右選的，挑了一件女旗衫回來。又拿著小南給他的鞋樣子，在地攤上給她買了一雙鞋。他這樣一來，比有人送東西給他，還要高興多少倍。拿了衣服鞋子，一口氣就跑到常家來。小南正拿了一個毽子在院子裡踢著，看到士毅手上拿了東西進來，她這一份喜歡，簡直不能用言語形容，她一跳上前，就拉著士毅的手道：「極好了，你給我把東西買來了嗎？」士毅笑著將東西遞到她手上，笑道：「妳看我辦事情辦得錯不錯？」小南將疊招的一件衣服抖了開來，立刻就在身上比了一下。用腳踢起下擺看了一看，笑道：「好的，好的！」士毅道：「這樣那比脫了袷襖再穿的好？」小南笑道：「要那樣試試才行嗎？」於是她就在當院子裡將袷襖脫下，剩了裡面一件破斷兩隻袖子的舊汗衫。士毅突然地看到她穿了單薄的衣服，露出身上肌肉豐滿的部分來，不由得心裡跳動了兩下。他就想著，這位女士的態度，真是能處處加以公開的。對於這樣的女子，若是加以欺騙的手段，未免於心不忍，我想，對她若是很真誠的，那必定比以欺詐的手段去接近她，要好得多。因之他立刻得了一種安慰。這種安慰，足以獎勵他當了被褥來送禮的這股勇氣。就笑嘻嘻地向她道：「還有這雙鞋子呢？妳不要試一試嗎？」說時，將手上報紙包著的一雙坤鞋拿了出來，向小南照了一照。小南一面扣衣服的鈕釦，一面接了鞋子，看到屋簷下有一張矮凳子，她就坐了下來，拉脫了自己的鞋子，露出一雙沒有底子的襪子來。她兩手拿了襪子筒，只管向上兜，不料她用力過猛，嘶的一聲，將襪子拉過了腳背，直到腿上面來，她將一隻赤腳，抬起來給士毅看道：「你看這個樣子，配穿好鞋子嗎？」士毅道：「這個好辦，我索性去買一雙襪子來送妳就是了。」小南聽了大喜，來不及穿鞋子，光著腳站在地上給他鞠了躬道：「那真是極好了，你就好人做到底吧。」士毅當被褥的錢，還只花去兩塊有零，要買線襪子的錢，身上有的是，立刻就走出大門去。常居士在屋子裡聽到，連忙向外面攔著道：「洪先生，你不要客氣，你不要客氣，小孩子她不懂什麼，你不能隨她的便。」士毅只說了一句不要緊，人已走遠了。等他買了線襪子回來的時候，小南依然在那矮凳子上坐著，穿了旗衫，光了腳，穿了那雙好的鞋子。眼巴巴地向著門外望著，正等著士毅回來呢。

士毅進門來，小南老早的就把手伸了出來，笑道：「怎麼樣的襪子，快拿給我看看吧。」士毅將買的一雙白線襪交給了她，她接著襪子看了看，笑道：「你幹麼給我買白襪子？」常居士在屋子裡插嘴道：「這孩子真不知好歹，人家買了東西送妳，妳還要挑顏色？」士毅道：「不要緊，我拿了去掉換就是了。」小南笑道：「白的顏色就好，不過不經髒，要弄得天天要洗的。」常居士道：「妳真是懶人說懶話，為了懶得洗，不穿白襪子，可是穿了黑襪子，有了髒只圖人家看不出，自己腳上多髒，妳就管不著了。」小南將一隻手提著一塊破布，一隻手舀了一瓢涼水，來布上澆著。澆過之後，將光腳踏在凳子上，用澆了水的布來擦著，擦過之後，又擦那隻，輪流地將腳擦光，就穿起襪子來。身上都收拾停當了，然後向士毅站著，不住地整理她的衣襟。士毅笑道：「花錢不多，這樣子裝束就很好了。」小南抬了頭，先讓他看看領子，又掉轉身來，讓他看看後影，笑道：「這個樣子好嗎？」士毅道：「好的，兩個人了。」小南將手摸摸脅下的鈕釦道：「就是還差一條掖著的手絹。」常居士在屋子裡又嚷起來道：「妳這孩子真是胡鬧，又打算向人家要什麼東西？妳再這樣亂討東西，我就急了。」士毅對屋子裡連道：「不要緊，不要緊！」可是他眼望著小南，連連地點著頭，那意思就是說可以可以！他說著，向常居士告辭走了出去，卻向小南招招手。小南跟到大門外來，士毅悄悄地向她道：「妳跟我來，我替妳到洋貨店裡去再買上一條就是了。」小南道：「我不去！去了，我爸爸叫起來，沒有人答應，他又得瞎嚷嚷一陣。」士毅道：「要不，妳在門口站著，我替妳去買了送來，妳看好不好？」小南點著頭笑道：「這倒使得！你可快些來，別讓我老在這裡等著。」士毅笑道：「我知道妳是急性子人，我一定很快回來的。」說畢，他就飛跑地走了。

小南站在大門口，望著士毅的後影，以至於沒有。她心裡可就在想著，我自從懂得人情世故以後，身上穿得整整齊齊的，大概這是頭一次了。今天穿了這樣好的衣服了，應當在門口站著，讓街坊來看上一看。於是手扶了門框，斜斜地靠了門站著。站著約摸有五分鐘的工夫。前面衚衕裡那個柳三爺，手裡提了個黑漆的長盒子，一頭細，一頭兒大，很像一個長柄葫蘆的樣子，笑嘻嘻地從大門口經過。他看見了小南，就站定了腳向她打量著。小南因為今天把衣服換了，正好讓人家看看，所以柳三爺注意著她時，她不但不閃避，反而笑嘻嘻地向人家點了一點頭。柳三爺笑道：「小南，妳到哪裡出份子去嗎？今天換了這樣一身新。」小南道：「你別瞧不起人，我們穿一件布衣服，都算是新鮮，你們家那些個姑娘，整年的穿綢著緞，那怎麼辦？」正說著，有兩個姑娘走了來，約摸都有十七八歲。一個穿了粉紅色的長旗衫，一個穿了黑色的長旗衫，下面一律是米色的高跟皮鞋，白絲襪子，頭上的頭髮，如一叢馬鬃似的，披到肩上。雖是穿了高跟鞋子，走路還不肯斯文，走起來，帶跳帶蹦著。他們見柳三爺向這裡望著，也就站住了腳，笑嘻嘻地望著人。那柳三爺回過頭去，對那穿黑衣的人，不知道說了兩句什麼，她就點點頭，因走向前對小南笑道：「我們都是街坊，到我們那裡去玩玩，好不好？」小南笑道：「叫我去幹麼呀？」那女子笑道：「什麼也不幹，我們那裡有好些個姑娘，大家在一處玩玩，不好嗎？」

小南常是聽到柳家音樂齊奏，紅男綠女的進出，只恨著自己沒有那個資格可以和他們在一處混。現在人家居然來過自己加入到他們一塊兒去玩，這樣的好機會，豈可失掉了？便笑道：「我全不認得，去跟你們玩作什麼？」那黑衣女子笑道：「一回相交二回熟，不認得要什麼緊？二回大家就認識了。」說著，她就伸手來拉小南的手。女孩子見了女孩子，總是親熱的，尤其是長得漂亮些的女子。因之小南被她一拉，就跟著走了。當她只轉過牆角的時候，看到士毅手上拿了一條雪白的手絹，飛跑著來。她一想著，和這樣漂亮的小姐們一塊兒走著，若是和士毅如此衣衫襤褸的人說話，未免有些丟面子。因之只當沒有看到他，很快地轉到牆那邊去。走著路和那兩個女子說著話，才知道穿黑衣服的叫楚歌，穿紅衣服的叫楊柳青，也只問過了姓名，就到了柳家了，柳三爺提了那個黑漆的長盒子，就在前面引路。轉進了兩個院子，首先就看到一個十六七歲的姑娘，和一個十三四歲的姑娘，靠在一個圓洞門邊吃糖塊。兩個人臉上，都是擦了胭脂粉的，但是吃了糖塊之後，那嘴角上，更加了一種黃色。那兩個女孩子，看到楚楊二人帶了小南進來，卻不免有些詫異的樣子。柳三爺將那個盒子，交給了那個大一些的姑娘，笑道：「一天到晚，你就吃不停口，又買了多少錢的糖？給一塊我吃吧。」小南看她，圓圓的臉，大大的烏眼睛，彎彎的兩道眉毛，只穿了一件半中半西敞領白花點子藍灰綢襖，繫了一條紅領帶。褲子縮在裌襖裡，已看不到，只看到肉色的絲襪，罩了一條長腿。她聽說柳三爺要吃糖，笑著將舌頭一伸，在舌尖上頂了一塊糖。柳三爺笑著，說了一句傻小子。楚歌笑道：「別鬧了，柳先生今天物色得了一個同志，我來給你介紹介紹，這是我們鄰居常家姑娘。」於是拉了小南的手，就向那孩子指著道：「這位是柳綿綿小姐，鼎鼎大名的歌舞明星。」小南不知什麼叫鼎鼎大名，更不知什麼叫歌舞明星，只對了那位姑娘嘻嘻地笑了。

她正如此想著，有個穿墨綠色西裝的少年，走了出來了。只看他頭髮梳得光光滑滑，香水幾乎可以滴得下來。他那西服的領子上，繫了一根黑帶子，黑帶子拴了一朵大花，湧到白領子外面來。他看到了小南，好像極是驚異的樣子，往後一退，問柳三爺道：「這是新找來的學生嗎？」柳三爺望了他微笑，嘰哩咕嚕，卻說了一大串子外國語。那個人似乎懂得了，也就望了柳三爺微微地點著頭。柳三爺向他笑著，又向著小南微笑道：「妳瞧，我們這裡，不比什麼地方都好玩得多嗎？有好些個姑娘，說著笑著，妳愛個什麼玩藝兒都由妳來。」說著，他就在前面引路，引到正北三間屋子裡來。這屋子裡，四周都糊了藍色的紙，牆上的電燈，用紅紗罩著，屋子中間，也吊著幾盞紗燈，他們窗戶的玻璃格子，都罩上了細紗幔子，屋子裡沒有什麼光線，白天還點電燈，屋子裡帶了那醉人之色。挺大一間的屋子，拆得軒敞起來，那地板擦得又光又滑。中間一架大屏風，在屏風斜角邊，放了一隻極大的烏木箱子。掀開了箱子蓋，有許多白色的棍子，也不知是什麼玩藝兒。此外有些白鋼架子，小喇叭，大鼓之類，好像是樂器一類的東西。有七八個大大小小的女孩子，穿了短衣服，都在屋子中間，蹦蹦跳跳，看到小南進來，大家一擁上前，將她圍住了。柳三爺在人叢中亂搖著手道：「別鬧別鬧！」這一來，把小南鬧得愣住了，見了人說不出話來。柳三爺向她又招招手道：「妳別和她們鬧，我引著妳去見一見我們太太……」正說著，有一個二十多歲的婦人走出來，她穿了黑衣服，臉上淡淡地敷了一些粉，兩耳垂了兩片長翠環子，走著一閃一閃。她一笑，露了滿口的白牙齒，伸手攜了小南的手道：「我們是街坊，倒少見。」柳三爺就笑著介紹道：「這是我們太太。」小南在煤渣堆上，和撿煤核倒穢土的人，都敢相打相罵。在街上走起路來，真可以說是什麼人也不怕。現在到了女兒國來了，倒叫她一點辦法沒有。柳太太似乎看出她的情形來，就向許多女孩子道：「你們出去玩一會兒，我們在這裡有話說。」那幾個女孩子聽說，一窩蜂似地散了。柳太太指了邊旁一張凳子，讓她坐下，因笑道：「今天怎麼有工夫到我們這裡來玩玩？」小南只是一笑，並不說什麼。柳太太笑道：「妳別瞧我這些學生都是花蝴蝶子似的，她們初來，也像你這樣，你也加入我們學校裡，一塊兒來玩玩好不好？」小南這就有話了，笑道：「我還念書啦？」柳太太笑道：「我們這裡不用念書，只是跳舞唱歌。有一天，我在後面開窗子，聽到妳在家裡先唱《毛毛雨》，後又唱《麻雀和小孩》，唱得極好了。」柳三爺站在一旁，微笑道：「不但如此，她很有些健康美。」小南也不知道什麼叫健康美，只是看柳三爺說著，有很高興的樣子，這一定是說自己好。當時雖不能說什麼，可是也就禁不住微笑著，心裡想著，到了這種地方來，人家還說我長得美，我一定是長得真美，若不是長得真美，柳三爺肯誇獎我嗎？柳三爺見她微笑著，以為她是願意了，他就在那個大箱子邊坐著，他手按了那箱子上的白棍子，打得咚咚的響，小南這才明白，原來那是一樣樂器。他彈了兩下，回轉頭向小南道：「妳聽見沒有？這就是我們吃飯的傢伙，妳看有趣不有趣？」小南沒甚可說的，抿了嘴微笑。這時，就有老媽子出來倒茶，柳太太問她道：「你把抽屜裡那一盒子點心拿出來。」

老媽答應著去了，一會子工夫，她就端著一個暗綠色的紙盒子來。只看那盒子蓋上，印著裸體的美人，活靈活現，就會覺得這裡面的東西，一定是很精緻。掀開了盒子蓋，那裡面還有一層透明的花紙，圍了四周，那裡面的點心，方的一塊，圓的一塊，有點心上堆了白的夾層，砌了紅的花，綠的葉，更是好看。那柳太太就用兩個雪白的指頭箝了一塊，交到她手上，笑道：「挺新鮮的，吃一塊吧。」小南也不知道是什麼東西，手裡托著，如捧了一塊棉絮在手上一般。柳太太看到她只出神，以為她不好意思吃，便笑道：「妳吃吧，我們這裡有的是呢。」那柳三爺將十個手指頭，不住地在那白棍子上彈著，口裡唱喊著道：「對我生財，對我生財。」唱時，他的身子，兩邊不住在晃蕩著。小南看到他那種情形，卻不由得噗嗤笑了。柳三爺停了唱，反轉臉來問道：「妳笑什麼？」小南更是低著頭笑了，說不出原因。柳三爺笑道：「我倒明白，是不是說對我生財這四個字，妳聽得有些耳熟？」小南又噗嗤一聲笑了。柳三爺笑道：「對這鋼琴說話，應該這樣，對我生財，對我生財。妳想，我要不對了它，還生得了財嗎？這話可說回來了，我口裡唱著，那又是什麼意思呢？這不是說鋼琴對我生財，在場的人，個個都可以對我生財。常姑娘，妳信不信我的話？妳若信的話，就可以對我生財。」柳太太見她將手上一塊乳油蛋糕，已經吃完了，於是又夾了一塊乳油蛋糕，送到她手上去。笑道：「妳瞧，我們這地方，不很好玩嗎？你若是願意在我們這裡當學生，吃我們的，穿我們的，每月還可以拿些零用的錢。多的時候，可以拿二三十塊錢，少的時候，也可以拿八九上十塊錢。」小南倒不料當學生還有這樣的好處，便情不自禁地問了一句道：「我這個樣子也成嗎？」柳三爺道：「當然成！若是不成，我會請了妳來商量嗎？我們作街坊多年，誰也不能瞞誰，妳家困難，我是知道的，妳若在我這裡當學生，就沒有困難了。妳不是老早就要我給你幫忙的嗎？」柳太太道：「你可別瞎說，人家又什麼時候要求過我們幫忙呢？」柳三爺笑道：「怎麼沒有？我們的後牆，不是對著她的大門嗎？她們家在過年的時候，就在我們牆上貼著對我生財的字條呢。不是說衝著我們家她就可以發財嗎？現在我們真衝著她讓她發財，她為什麼不幹呢？姑娘，妳把那字條貼在我後牆上不算，應當貼在我額頭上。那麼，妳瞧見我也好，我瞧見妳也好，就會生財，豈不是好？」這一說，連柳太太也跟著笑起來了。

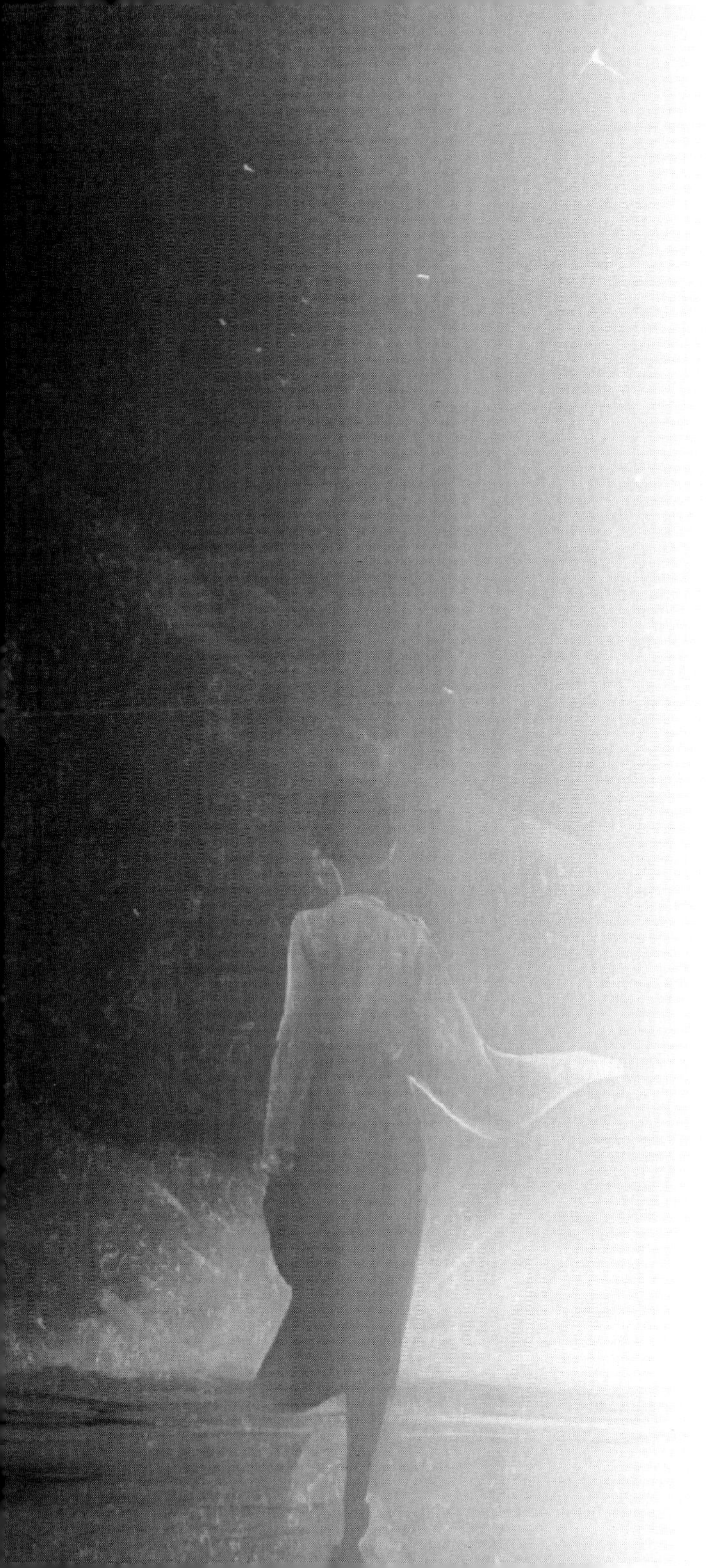

聲色互連初入眾香國　貧病交迫閙參半夜鐘

這個時候，叮叮噹噹，外面有一陣鈴子響。小南正在想著，賣絨線擔子的，怎麼跑到人家屋子裡面來搖鈴子呢？那柳太太就笑著向他道：「常家姑娘，妳來得巧，我們這裡開飯啦。妳在我們這裡吃一回大鍋飯去，好不好？」小南還不曾說話呢，那個柳綿綿姑娘，一蹦一跳地由別個屋子裡跳了出來，她拉著小南的手，笑道：「去去！到我們家吃飯去。」柳太太也將兩隻手在她後面帶推著，笑道：「我們小姐都這樣殷勤，妳就不用客氣了。」小南聽說，心裡倒有些奇怪。柳三爺夫妻兩個人，這樣年紀輕輕的，這麼倒有這樣大歲數的小姐？如此想著，就向柳綿綿臉上看著，柳綿綿沒有猜到她的意思，笑道：「妳以為我請妳吃飯是假的嗎？我一定要請妳去，我一定要妳去。」小南被一個拉著，又被一個推著，如何躲得了？只好隨著她們前去。

到了那裡，卻不由她吃了一驚，原來這裡一共有四張桌子，男男女女一大群，就夾雜著亂坐下來。最奇怪的，就是這裡的男子，完全都穿的是窄小的西服。不論年紀大小，一律是頭髮刷得油滑，下巴頦和腮幫子颳得溜光。無論這面孔好看不好看，總覺不討厭。柳綿綿將她拉著，就在一張男人少些的桌子上坐下。有一個年輕些的男子，就是剛才和柳三爺說外國話的。他將一個二姆指和中指，在桌上當了人腳跳著，又向前，又退後，口裡叮叮噹噹地唱著，身子兩邊搖動著，眼睛斜瞅了人，好像是得意。還有一個三十上下歲數的人，偏坐著低了頭看手指頭，撮著嘴唇，在那裡吹著，唏唏噓噓，好像也是在唱歌。柳綿綿於是給她介紹著，年長的是楚狂先生，楚歌姑娘的哥哥。年輕的王孫先生，是一個梵呵鈴聖手。小南不知道什麼是梵呵鈴，更也不知道什麼叫聖手，柳綿綿這樣介紹著，她福至心靈的，裝著摩登，對人家鞠了一個躬。然而她一雙眼睛，早是注意到桌上的菜，只見五個大盤子炒菜，中間圍了兩個大碗，單論那兩個大碗，自己是看得清楚，一個是紅燒豬膶膀，老大一塊的紅皮肉，蓋在上面堆著。一個是口蘑雞蛋湯，只瞧那一片一片的雞蛋，在濃湯上面浮著，那真比自已請客吃麵的湯鹵，還要油重十分。單是這兩個菜，自己就可以在飽後加三大碗飯，何況此外還有四個碟子，且是兩葷兩素，心裡想著，也不知道他們家今天辦什麼喜事，辦這些個菜。她如此想著，但是這些男女坐下來扶起筷子就吃，也沒預備酒，也沒有什麼人出來主人，柳太太和自己倒是同席，她將筷子向菜碗裡點了幾點，就笑道：「姑娘，你隨便請吧，我們這裡是狼吞虎嚥，說來說去，不會客氣的。」小南看到大家都自自在在地吃著，太客氣了也未免吃虧，因之也就扶起筷子來，隨了大家來吃菜。那柳太太看她不能十分自由的樣子，又很知道她的家境是那一幅情形，於是魚呀肉呀，不住地夾著向她碗裡送來，送到了飯碗裡面的東西，她就無所用其遜謝，也就陸陸續續地吃了起來。等她把這碗飯吃過了，還有好多菜不曾吃下，都剩在空碗裡，自己還不知道如何主張呢？手裡這一隻飯碗，業已不翼而飛，回頭看時，卻是那位梵呵鈴聖手王孫先生接了過去了，不聲不響地盛了一碗飯，送到她面前。

小南平常見了漂亮而又闊綽的人，心裡就暗想著，就是給人家當一天丫頭也好，這可以和闊人親近親近，也可以知道人家是一種什麼脾氣？於今倒不斷有這樣闊綽而又漂亮的先生給自己盛飯，而且並不用得自己去下命令，他是自甘投效的，這可見得和闊人或漂亮的人來往，也並不難，只要有這樣一個接近的機會。她心裡如此揣想著，把向人道謝這一個節目，先略過去了。等到自己回想過來的時候，飯碗已是擺在面前許久，這就不能向人家補那一句了。正望了人家的臉，自己有一句什麼話，還不曾說出來的時候，那王孫先生卻已首先了解了她的意思，伸出一隻手來，向飯碗只管揮著道：「妳吃飯，妳吃飯。」小南只好笑了一笑，接著吃飯了，論起這桌上的菜來，憑了小南的量，真可以吃個十碗八碗，只是初次到人家來，怎好露出那些樣子？所以吃過這兩碗飯，看到在桌上的人，有一半放下了碗，自己也就放下碗來。這時，那柳三爺忽然站了起來，向在座的人打著招呼道：「吃過了飯，大家不要散開，要把愛的追求那兩幕舞蹈重排一排。」說畢，他坐下來，向小南笑道：「常家姑娘，妳在後面，天天聽著我們奏樂和唱歌，可沒看過我們這裡的跳舞，妳先別回去，在我們這裡看看好嗎？」小南怎好說吃了就走？而且這地方也實在好玩，多玩一會子回去，有什麼不可以？因為如此，她沒有作聲說回去，也沒有作聲說不回去，向著柳三爺笑了一笑。說話之間，大家把飯吃完了，一窩蜂似的，大家都散了，那楚歌女士挽了她的手笑道：「來，妳到我們那裡去洗臉，好嗎？」於是拉著她就向自己的屋子裡走去。

小南跟著她走了兩個院子，只見屋子裡糊得雪亮，雖然是一張小小的鐵床，那鐵床鋪的白色被單上面疊著綠的棉被，牽扯得一點皺紋沒有，用一幅漏花的白紗單子來罩住著。尤其是那兩個粉紅色的枕頭，簡直一點黑印都沒有，怎麼會睡得這樣乾淨？這真有些奇怪了，床的後牆上，有兩個大腦袋的洋鬼子半身像。靠了窗戶面前，擺了一張白漆的小桌子。喝！上面深綠的，淡黃的東西，一件一件的化妝品，由大小玻璃瓶子裡映了出來。紅的圓盒子，花的扁盒子，一陣一陣的透出香氣來。那中間擺的鏡子，更是微妙，一面鏡子比一面大些，這樣重疊著擺了一行，小南看到不覺呆了，一個人用的胭脂粉鏡，如何會有這些？數一數，大概有六七十樣吧？楚歌向擱了一扇小玻璃櫥的地方指道：「我們這裡是兩人住一間房，因為我的屋子小些，所以是一個人住一間房，假使妳到我們這裡來，一定是住在我這裡的，我們先要好要好吧。」她說著話，將櫥子角上的一扇門一推。小南看著，倒吃了一驚，原來這屋子是瓷磚砌的牆，牆上伸出大厚殼面盆來。那楚歌將盆邊上一個釘頭子一扭，嘩啦嘩啦，流出水來。自來水會流到面盆裡來，這真是新聞。這裡還有一隻大長盆，一個白瓷缸子，缸子上有兩層紅木蓋子，卻看不出來是幹什麼用的，那楚歌向她笑著，在缸上坐了一會。缸邊有一根繩子，垂下來一個本槌子，她只一拉，哄咚一下，那瓷缸裡冒出大水頭來，沖洗了個乾乾淨淨。小南這才算明白了，原來是這種用法，因笑道：「你們真乾淨，多便當呀！」楚歌道：「哪裡便當，現在我們柳先生不肯燒熱水，洗臉洗澡，還要老媽子打了熱水來呢。」說時，果然有個老媽子提了一大壺熱水來，向臉盆衝下去，而且還在手巾架上抽下一條毛手巾，輕輕地鋪在水面上，又取了一個玻璃肥皂缸子放到臉盆邊，然後走了。小南一想，她們真了不起，這樣有人伺候著，還要說不便當，那麼，只有讓人來給她洗臉了。楚歌向她招了招手笑道：「妳來洗臉呀！」小南想道：「人家這手巾，白的像白雪一樣白，自己這個臉子向臉盆裡一擦，非把人家的臉巾洗下一個黑影不可。」便笑道：「妳先洗吧，我會把妳的手巾洗髒了。」楚歌笑道：「沒關係，別的東西沒有，若就香胰子香水，我們這裡有的是，洗髒了手巾，用香胰子來對付它就是了。」她說著，將澡盆邊一個白漆的茶几形木櫃，扯出一個抽屜來。一看抽屜裡邊，方的盒子，圓的盒子，有上十個，楚歌笑道：

「中國的，外國的，全有，妳隨便地用吧。」小南看了這個樣子，自己倒愣住了，不知拿起哪一塊來用才好？笑著搖搖頭道：「太多了。」楚歌拿了兩盒香胰子，放到洗臉盆上，笑道：「用吧，用完了，妳要覺得不錯的話，我可以送妳兩塊。」於是拉著小南的手，拖到洗臉盆邊將她的手送到熱水裡去。小南雖是不想化妝，然而經過了楚歌一再的勸駕，她也就只好跟著她化妝一番了。她自己除了洗過臉之後，擦雪化膏，撲粉，抹胭脂，都是楚歌代她辦理的。這一打扮之下，越發現出她那一分娟秀來，楚歌不覺拍了兩下掌道：「極好了，妳真長得漂亮。」說畢，又搖了兩搖頭道：「可惜少了兩件時髦的衣服，不知道我的衣服，妳能穿不能穿？我送兩件給妳吧。」

正說到這裡，房門是咚咚的打著一陣響，楚歌開啟門來，那個柳綿綿女士，跳了進來，笑道：「喝，真美。」說著，向小南瞅了一眼。楚歌道：「我的個子，比她要長一些，我的衣服，恐怕她不能穿，妳送兩件衣服她穿，好嗎？」柳綿綿道：「有有有，我這時要排戲，等一會兒我一定給她找兩件。不但是衣服，我還可以送她幾雙絲襪子。」楚歌就開玻璃櫥的抽屜，只見裡面橫七豎八的五彩鞋子，真是好看。楚歌拿了一雙花格面軟底鞋子，送到她面前笑道：「妳試試，若是能穿的話，我就把這雙鞋子送妳。」小南聽說，將鞋子拿在手上看了一看，不肯就把鞋子穿著，只是在手上展玩著。楚歌笑道：「妳為什麼不穿？嫌它是舊的鞋子嗎？」小南抿嘴笑著搖了兩搖頭。一會子工夫，柳綿綿又去捧了深藍淺紫的一大堆絲襪來，笑道：「都是半新舊的，妳盡挑吧。」小南看了這堆絲襪子，還是不好意思伸手去拿，望了只管是笑，楚歌不管三七二十一，抓了一捧絲襪，就向她手上塞將來，鬧得小南想不收而不可得。柳綿綿笑道：「襪子有了，鞋子也有了，你穿起來吧。」她說著，復又將她拉到洗澡間，把襪子鞋子一齊送了進去，笑道：「穿上吧，別不好意思了。」哄的一聲，將門朝外給她帶上。小南到了此時，自是相熟得多，她就不客氣的，將鞋襪換了，開了門出來，向二位小姐道著謝。柳綿綿由上向下一看，笑道：「還是不妥！她那條布褲子不合適。」說著，她將楚歌的衣櫥開啟，找了一條半舊短腳的綠綢夾褲，向楚歌一揚道：「妳說過，嫌它短了不穿，何不作個人情呢？」拿了褲子，又把小南推到洗澡間裡去。小南真個依了她的話換了，走將出來，柳綿綿笑道：「楚，她雖是很漂亮，有些像妳，妳認她做妹妹吧。」楚歌笑著向小南道：「妳肯嗎？」柳綿綿笑道：「下句話我替妳說了，要是肯的話，我們鞋子衣服，就共著穿。」小南笑道：「我怎麼高攀得上呀？」三個人正在說笑著，房門一推，柳三爺由門縫裡伸進一個頭來，笑道：「原來妳們把人家關在這裡呢。喝！這一打扮，更美了。常家姑娘，我們這裡不壞吧？妳跟著我們瞧排戲去，那才有個意思呢。」於是楚歌、柳綿綿各挽了她一隻手，向屋子外拖了出來。小南在這兩位小姐夾峙中，哪裡擺脫得了？只好隨了她們，到排戲的大廳上來。這個大廳上，所有吃飯時的那些男女，都在這裡圍坐著，柳三爺走到人中間，指指點點，教說他們了一頓，於是小姐們在屋子中間蹦蹦跳跳，口裡還帶唱著歌。柳三爺於是率了幾個男的奏起音樂來。最妙的就是姑娘們合著音樂跳舞，還有男的跟在後面一同的跳起來，跳上了得勁的時候，男的和女的，女的和男的，就牽著抱著糾纏在一處，真是一屋子紅男綠女，嘻嘻哈哈，大家好不快活。

小南把這些事看得呆了，回頭看到日影西斜，想著這是時候不早了，父親在家裡，不知道是怎樣的記掛著呢？於是抽轉身來，趕快地走回家去。她走到街上，遇著兩個街坊，都喝了一聲道：「小南了不起，闊起來了。」小南倒不覺得人家說她闊，可以自豪，反是覺得有些寒磣，低了頭，趕緊向家裡一溜。常居士在屋子裡聽得外面院子裡有腳步響，就問道：「是小南嗎？」小南答應了一聲。常居士哼著道：「妳到哪裡去了？這半天沒有看見妳。」小南道：「對過的柳三爺，他們家那些學生把我拉了去了。他們家真好，留我吃飯，滿桌子都是好菜。我以為是他們家請客呢，原來是他們家吃飯，就是那個樣子。別提了，那些學生真闊，屋子後面有洗澡房，牆都是瓷磚砌起來的。你猜怎麼著，馬子桶裡有自來水。她們還要我當學生呢，每個月供吃供穿，還給一二十塊錢零用。她們說了，還給我衣服穿呢。今天就給了好幾雙襪子，一雙緞子鞋。你來摸摸，這不是絲襪子嗎？」她說著話，向屋子裡走去，就把手上捧的一捧絲襪子，送到常居士手上，讓他摸著。常居士手捏了兩捏，可不就是又軟又滑的東西嗎？便道：「妳也是沒有見過世面，回來就說這樣一大套，有吃有喝，還要給十幾塊錢一個月，人家收這些女學生幹作什麼？還是把她教會了，望她作娘娘呢？還是家裡錢多了，養活了一大群小姐在家裡找樂子呢？」小南道：「做娘娘呢，現在是沒有那件事，要說他家裡養活一大群小姐，那可真不假，他家裡那些學生，不都是大小姐的樣子嗎？」常居士道：「妳別看了人家東西眼饞，我們窮人家，只作窮人家的指望。有道是窮人發財，錢燒得難受。依我看，那柳家一天到晚彈著唱著，養那些女孩子在家裡，他不會懷著好意。」小南道：「什麼不懷好意呀？人家是開學堂。」常居士道：「開學堂的人，就能算是好人嗎？我沒聽到說過，辦學堂的人，還要整日裡的彈著唱著的。」小南撅了嘴道：「我不和你說了。」說畢，一扭身子跑出屋子去了。這個時候，前面柳家，吹彈歌唱，好不熱鬧，她聽了這種響聲，心裡就聯想到柳家大廳裡那種快樂的情形，又轉念一想，要如何讓父親樂意，才能夠加入到柳家那個學堂裡去呢？不用說別的，只要那一句話，每月能交給我父親十來塊錢，我想我父親也願意了。他不是讓洪士毅引薦著，要我到工廠裡去當送活的嗎？就近柳家是我家街坊，來去便當，我也不上工廠裡去呀。

她一個人正在大門口，向柳家的後院牆出神呢，洪士毅肋下夾個紙包兒，低了頭有一步沒一步，又由衚衕口上走著來了。他老遠地看到小南站在這裡，就展著雙眉，向她問道：「上午我看見妳和兩個姑娘一路走，妳給我丟了一個眼色，我就沒有敢上前來，那都是誰？」小南嘴向前面院子裡一努道：「就是柳家的學生。」士毅道：「哦！妳說的是他家，我知道，那是個歌舞班子呀！」小南道：「不是的，不是的，人家是學堂呢。」士毅道：「妳不是會唱雲兒飄星兒搖嗎？他們就是上臺去唱這一套的。在戲館子裡唱起來，一樣的賣錢，那怎麼不是班子？」小南聽了他這話，想起剛才柳家排戲的那一件事情，就覺得他這話有些子對，抬著眼皮想了一想道：「果然有些相像，可是他們不像戲班子裡的人。」士毅對於她這些話，卻不曾注意，也不知道她到柳家會耽擱了那麼樣子久，就笑嘻嘻的把手上這個紙包遞到小南手上去，告訴她：「我仔細想了，妳外面衣服有了，裡面的衣服不適，也是不行。所以我今天下午，又特意跑到天橋估衣攤子上去，給妳買了兩件小衣來。」他說著這話，眼看了小南的顏色，以為她一定是笑嘻嘻地接著這包衣服的。不料小南聽了這話，形象很是淡然，一手托著紙包，一手隨便地將紙撕開了一條縫，向裡面看看。見是白底子帶著藍柳條的衣服，而且那衣服還帶著焦黃色，當然是舊得很可以的衣服，她情不自禁的，卻說出洪士毅很不願意聽的一句話，反問著他道：「這也是舊的嗎？」士毅看了他那淡淡的樣子，又聽到她這一句反問的話，這分明是她對於這衣服不能夠表示滿意，便頓了一頓道：「妳打算要買新的穿嗎？」小南道：「我是這樣子說，有沒有，沒什麼要緊。到裡頭去坐坐嗎？」說著話，她夾了那個報紙包，就先向屋子裡面走。士毅覺得將她周身上下一打扮，她必然是二十四分的歡喜。不料，她是淡然處之的，毫無動心於中，自己可以算是費盡了二十四分的力量，結果落得人家一隻冷眼。就是剛才她招呼著進去的一句話，也不是誠意，自己又何必再跟著向前去看人家的冷眼呢？如此想著，也不作聲，悄悄地就向衚衕口走了去。

當他在路上走的時候，低著頭只管慢慢地走。他走得來是一股勇氣，可是現在走回去，不但勇氣毫無，而且心裡撲撲亂跳。今天那脹得生痛的腦筋，因為今日在外面匆忙中跑了一天，幾乎是忘懷了，可是到了現在，是慢慢地走回去，又漸漸恢復了原狀。到了會館裡，回到房裡去坐著，人是清靜得多了，可是痛苦也痛苦得多了，情不自禁的，扶著床躺了下去。當他躺著的時候，心裡還在那裡想著，稍微睡了一會子，就可以爬起來，再寫千把字。然而今天的精神，是比那一天，都要頹廢若干倍。頭一挨著枕頭，幾乎是連翻身都不願意翻了。在這種情況下，糊裡糊塗的，人就睡著了。睡了一晚，身上也就燒了一晚。第二日早上，自己本待起床，然而他的手，剛剛撐著床板，待要抬頭的時候，便覺得他的腦袋幾十斤重，手一軟，人又伏了下去。沒有法子，只得繼續的睡了。他閉著眼睛，在那裡揣想著，自己今天是不能到慈善會去了，但不知自己這一份工作，今天要交給誰去辦？自己今天這是不能到常家去的了，那小南子的零用錢，以及他父女兩人的伙食，這都到哪裡出呢？照說，自己必定要把錢送去，不然，人家要失望的。然而自己是每日寫些字換零碎錢來用的，於今根本不曾起床，哪來的錢？就是有錢的話，又託什麼人送去？同鄉知道了，以為我窮病得這樣，還有心力去賑濟別人，也未免成了笑話了。一人在床上沉吟著，只增加了無限的煩惱。睡到了中午，沒有起床，也沒有人還慰問他。因為住會館的人，都是單身漢子，無非各顧各，而且洪士毅一早就出去工作，哪天也沒例外，所以大家沒有注意到他。

他睡到正午的時候，長班因人都走了，在院子裡掃地，卻聽到了洪先生的哼聲，便推開門來，向裡面看了看，見士毅躺在床上，身子側著向外，臉是紅的，眼睛也是紅的。這倒嚇了一跳，連忙跑了進來，向他問道：「洪先生，你是怎麼了？」士毅皺了眉道：「我頭昏。」說畢，喘了一口氣。長班伸手在他額頭上一摸，只覺皮膚燙手，因道：「這不是鬧著玩的，你得找個大夫來瞧瞧。」士毅哼著道：「病倒不要緊，只是我在會裡的事，今天怕沒有人替我辦，你跟我打一個電話，去請一請病假吧。」長班一拍手道：「這個，我倒想起來啦，你們會裡，不是有醫院嗎？順便告訴會裡的人的，請醫院派一個大夫來給你瞧瞧就是了。」士毅在早上醒過來的時候，還不覺得自己病勢之重。到了此時，頭只是昏沉下墜，抬不起來。心想，找個大夫來瞧瞧也好，至少可以向會裡證明，自己是真害了病，便向長班點了兩點頭道：「那也好。」長班道：「你不吃一點什麼嗎？若要吃什麼，我可以跟你賒去。」士毅搖了搖頭道：「不必了。」說著，就閉上了眼睛。長班一看這情形，實在是不大妙。立刻打了個電話到慈善會去，將洪士毅害病的情形說了一遍。那會裡的人，都念著洪士毅是個老實人，治事而且很勤敏，立刻就轉電話到附屬醫院去，派了一個醫生到館裡來診病。醫生診察過之後，就對士毅說：「你這是腦病，大概是勞苦過甚得來的。你這個病，吃藥還是其次，最要緊的是要得好好的休養。你躺在床上，千萬不可胡思亂想，要不然，情形是很危險的。」士毅也明明知道是自己近來用腦太過，醫生如此說，絕不是恫嚇的話，自己點頭答應了。

醫生去了，隨後醫院送了藥水來，慈善會裡，也送了半個月的薪水來，而且總務股還寫了一封信來，叫他好好的養病，會裡的工作，自有人代替，可以放心。士毅讀了這信，大為感動了一番，心想，會裡的人，對於我，可謂破格優待，但是我卻自尋苦惱，耽誤了會裡的工作，這是自己對不住公事。從此以後，不要去追逐小南了，自己賣盡了氣力，也得不到她一點好意的，不見她跟了幾個穿好些的姑娘在一處，立刻就不大睬嗎？我每次只能幫助她三角五角錢，在我是氣力用盡了，她還以為我天生的小器，捨不得花錢呢。本來自己給予她的數目，也就實在不成話了，雖然是不成話，然而可逼出病來了。我以前餓著肚子，天天想法子找飯吃的時候，恐慌儘管是恐慌，並不至於逼成病來。現在有了職業，除了每天兩頓飯不必發愁而外，而且可以剩些錢，添製衣帽，順順當當的，可以安然無事了。不料剛吃三天飽飯，自己就想了男女之愛，結果是剛剛爬到井口上來，又扛了一塊大石頭在肩上，這種痛苦，比落在井裡頭還要難受了。好吧，從此以後，我絕不去想常家的事了，醫生都說了，我的病危險，這不至於是客氣話吧？我這條命，恐怕是犧牲在一個撿煤核的姑娘手上了。想到了這裡，覺著死神已經站在面前，心裡一陣難過，掉下淚來，淚由眼角上向下流著，直流到耳朵後去。他雖是這樣哭著，然而並沒有一個人來安慰他，也沒有什麼事情，可以解除自己的愁悶。自己哭了一陣子，又轉身想著，難道哭一陣子，就算了事了嗎？我得振作精神，戰勝病魔。醫生說的話，一定是恐嚇我的，不過讓我加倍的小心，使我的病，不至於再出岔子罷了。他不許我胡思亂想，我就不胡思亂想。他最後便是警戒著自己，不要思索什麼了。不過他躺在床上，無人陪他說話，又不能看書，他就不能不繼續地思索著，來消磨這百無聊賴的時光。想了無數的事情以後，死的恐怕，卻是去不了。最後他手摸到了胸前，想起小南胸前掛的那個X字，覺得在西便門外那懸崖勒馬的那一件事，自己這個人很不錯，宗教究竟不是無益的東西，能救人的心靈，為了懸崖勒馬這件事，自己精神上得著一點安慰。由那X字，看起色是空的，人生又何嘗不是空的？人生一千歲，也還免不了一個死，我又何必恐慌？也許真有個西天極樂世界，我死了總可以到這種地方去吧？凡是遇到人要死的時候，總是想法子躲開死神的。萬一到了無法躲脫，就絕不相信鬼是絕無的東西，好繼續的第二個生命。士毅到了這時，也是如此，所以在萬般悽慘的時候，略略得以自慰，就這樣睡著了。

等他醒來，桌上已經放了一盞豆大光焰的煤油燈，大概是長班替他放下的。心裡猜著，萬籟俱寂，一定到了半夜，想到藥水還不曾吃，後悔得很。藥瓶上的方單，指明了四小時吃一次，誤了這個次數，恐怕減了吃藥的效力了。床面前有個方凳子，正放著藥水瓶，於是出了一個笨主意，這次藥水來多喝一倍，或者可以抵那功效。於是順手摸了瓶子，撥開塞子，咕嘟咕嘟，就向嘴裡倒。放下了瓶子，一看格畫，卻吃了三格，這又太多了，吃下去，不會生變化嗎？放下了瓶子，他還是後悔，覺得自己怕死過分了，會有這種舉動。正如此為難著，忽然噹噹噹，一陣清亮的鐘聲，由半空裡傳來。記得離此不遠，有個古清水寺，必是那裡的鐘聲，聽了鐘聲，想像著這佛燭下的和尚，是個怎樣的境地。俗言道：做一日和尚撞一日鐘，這話大有禪味，生聽其自然，死也聽其自然，我既然吃錯了藥，後悔又有何益？做到哪裡是哪裡得了。窮是窮到極點了，懊喪也懊喪到極點了，只是恐懼和傷心，那是縮短自己的生命。有了，這鐘聲告訴了我，還是做一日和尚撞一日鐘吧。於是他忘了病，忘了職務，忘了常小南，靜心靜意地睡覺了。

電子書購買　　爽讀 APP

國家圖書館出版品預行編目資料

美人恩——她見利忘義，他所愛非人 / 張恨水
著 . -- 第一版 . -- 臺北市：複刻文化事業有限公
司 , 2024.01
面；　公分
POD 版
ISBN 978-626-7426-13-5(平裝)
857.7　　112022102

美人恩——她見利忘義，他所愛非人

臉書

作　　者：張恨水
發 行 人：黃振庭
出 版 者：複刻文化事業有限公司
發 行 者：複刻文化事業有限公司

E-mail：sonbookservice@gmail.com
粉 絲 頁：https://www.facebook.com/sonbookss/
網　　址：https://sonbook.net/
地　　址：台北市中正區重慶南路一段六十一號八樓 815 室
Rm. 815, 8F., No.61, Sec. 1, Chongqing S. Rd., Zhongzheng Dist., Taipei City 100, Taiwan
電　　話：(02) 2370-3310　　**傳　　真**：(02) 2388-1990

印　　刷：京峯數位服務有限公司
律師顧問：廣華律師事務所 張珮琦律師
定　　價：250 元
發行日期：2024 年 01 月第一版
◎本書以 POD 印製